Wendelin Duda

Die Sagen vom Überlinger See

Wendelin Duda

Die Sagen vom Überlinger See

Freiburger Echo Verlag
Wendelin Duda, Postfach 6643, D – 79042 Freiburg

Titelbild:
Überlingen vom gegenüberliegenden Seeufer,
Gouache von Johann Sebastian Dürr, 1809

1. Auflage Oktober 2005
2. Auflage Dezember 2005
3. Auflage Februar 2006
4. Auflage Mai 2006
5. Auflage August 2006
6. Auflage Oktober 2006
7. Auflage Januar 2007
8. Auflage April 2007
9. Auflage Juli 2007
10. Auflage November 2007

Wendelin Duda
Dorfplatz 11 – D-79252 Stegen (bei Freiburg)
Tel. 07661 / 989 044, Fax ...045
Printed in Germany
ISBN 978-3-86028-219-9

Vorwort

Sagen sind wohl die vielfältigste Literaturgattung, die es gibt: Es gibt Sagen, die auf wahren Begebenheiten beruhen und historisch belegt werden können; es gibt Sagen, die der Phantasie der Bauern entsprungen sind und mit der Realität überhaupt nichts zu tun haben; aus manchen spricht tiefe christliche Gläubigkeit, aus anderen abstruser Aberglaube, oft auch tiefe Not oder Wunschdenken, aber auch listige Bauernschläue und Humor. Es gibt alle nur vorstellbaren Mischungen und Variationen davon, aber eines haben sie alle gemeinsam: Aus ihnen spricht die Seele der Bewohner der Region. Sagen sind ein Stück Heimat, sind Wurzeln der eigenen Herkunft. Das ist es wohl, was immer wieder daran fasziniert.

Die Sagen dieses Büchleins betreffen den Überlinger See. Es ist der Band 19 der Buchreihe „Die Sagen Badens“. Im Westen schließt an „Die Sagen des Hegaus“ (Band 17), im Norden „Die Sagen des Linzgaus“ (Band 20), im Süden „Die Sagen der Stadt Konstanz und der Inseln Reichenau und Mainau“ (Band 18). Weitere Sagenbücher sind in Vorbereitung.

Teilweise sind die Texte dieses Büchleins vorsichtig modernisiert, doch überwiegend blieb es bei den teils antiquiert wirkenden Texten, um möglichst nahe am Original zu bleiben. Sicher werden diese alten Sagen auch Sie begeistern.

Wendelin Duda

Verzeichnis der Abbildungen

Inhalt

Der Bodensee

Meersburg nach einer Zeichnung des 19, Jahrhunderts

Der Reiter und der Bodensee

(Gustav Schwab)

Der Reiter reitet durchs helle Tal,
Aufs Schneefeld schimmert der Sonne Strahl.

Er treibet im Schweiß durch den kalten Schnee,
Will heut noch erreichen den Bodensee;

Noch heut mit dem Pferd in den sichern Kahn
Will drüben noch landen vor Nacht er an.

Auf schlimmem Weg, über Dorn und Stein,
Er braust auf rüstigem Roß feldein.

Aus den Bergen heraus ins ebene Land
Weit sieht er sich dehnen das Schneegewand.

Weit hinter ihm schwindet so Dorf wie Stadt,
Der Weg wird eben, die Bahn wird glatt.

In weiter Fläche kein Bühl, kein Haus,
Die Bäume gingen, die Felsen aus;

So flieget er hin eine Meil‘ und zwei,
Er hört in den Lüften der Schneegans Schrei;

Es flattert das Wasserhuhn empor,
Nicht andere Laute vernimmt sein Ohr;

Keinen Wandersmann sein Auge schaut,
Der ihm den rechten Pfad vertraut.

Fort geht's wie auf Samt, auf dem weichem Schnee.
Wann rauscht denn das Wasser? Wann glänzt der See?

Da bricht der Abend sehr frühe herein,
Von Lichtern blinket ein ferner Schein.

Es hebt aus dem Nebel sich Baum an Baum
Und Hügel schließen den weiten Raum.

Er spürt auf dem Boden Stein und Dorn,
Dem Rosse gibt er den scharfen Sporn.

Die Hunde bellen empor am Pferd,
Und es winkt im Dorf ihm der warme Herd.

„Willkommen am Fenster, Mägdelein,
An den See, an den See – wie weit mag's sein?"

Die Maid, sie staunet den Reiter an:
„Der See liegt hinter dir und der Kahn.

Und deckt ihn die Rinde von Eis nicht zu,
Ich spräch', aus dem Nachen stiegest du."

Der Fremde schaudert, er atmet schwer:
„Dort hinten die Eb'ne, die ritt ich her!"

Da recket die Magd die Arm' in die Höh':
„Herr Gott! So rittest du über den See!

An den Schlund, an die Tiefe bodenlos
Hat gepocht des rasenden Hufes Stoß!

Und unter dir zürnten die Wasser nicht?
Nicht krachte hinunter die Rinde dicht?

Du warst nicht dic Speise der stummen Brut?
Der hungrigen Hecht‘ in der kalten Flut?“ –

Sie rufet das Dorf herbei zu der Mär.
Es stellen die Knaben sich um ihn her;

Die Mütter, die Greise, sie sammeln sich:
„Glücklicher Mann, ja, segne du dich!

Herein zum Ofen, zum dampfenden Tisch,
Brich mit uns das Brot und iß vom Fisch!“

Der Reiter erstarret auf seinem Pferd,
Er hat nur das erste Wort gehört.

Es stocket sein Herz, es sträubt sich sein Haar,
Dicht hinter ihm grinset noch die Gefahr.

Es sieht sein Blick nur den gräßlichen Schlund,
Im Geist versinkt er im schwarzen Grund.

Im Ohr ihm donnert’s, wie krachend Eis,
Wie die Well‘ umrieselt ihn kalter Schweiß.

Da seufzt er, da sinkt er vom Roß herab,
Da ward ihm am Ufer ein – trocken Grab.

Bekanntlich ist der Bodensee bei all seiner großen Tiefe schon mehrmals in strengen Wintern gänzlich zugefroren. Man berichtet solches von den Jahren 1070, 1108, 1277, 1379, 1435, 1565, 1573, 1587, 1624, 1695, 1788 und 1830.

Diese Gelegenheiten benützte man oft zu ausgedehnten Landpartien auf dem Eise, so hielten 1573 zweihundert Konstanzer Bürger zu Fuß und zu Pferd die Aschermittwochschlacht auf dem See. Heinrich Hansjakob berichtet aus dem gleichen Jahre, daß die Leute des ehemaligen Benediktinerklosters Münsterlingen in der Schweiz nach dem badischen Örtchen Hagnau ein Bildnis des Johannes des Evangelisten drei Stunden Wegs über den gefrorenen See brachten. Seit dieser Zeit besteht zwischen beiden Gemeinden die Sitte, daß – so oft der See zufriert – das Bild da abgeholt wird, wohin es bei der vorhergehenden Seeprozession getragen und belassen worden war.

Ein Glasgemälde im Rosgarten zu Konstanz, von Wolfgang Spengler zu jener Zeit verfertigt, stellt dar, wie man 1624 auf dem See Entenjagten abhielt.

Im Jahre 1695, als die Stadt Arbon ein Freischießen auf dem See gab, scheint er nicht überall zugefroren gewesen zu sein, auch nicht im Jahre 1796. Als das oben erwähnte Bildnis wieder nach Münsterlingen zurückkam.

Viel weiß man zu erzählen vom Jahre 1830; da waren Krämerbuden und Schenkzelte aufgeschlagen, Musikkapellen spielten zum Tanze auf, Kegel wurden geschoben und im sausenden Galopp flogen Roß und Schlitten über das trügerische Eisfeld.

Nach Hansjakobs „Schneeballen", 3. Band, kündete sich dieses seltene Ereignis des Überfrierens des Sees damals an durch ein fürchterliches Tosen und Donnern auf dem Wasser. Die Bewohner des oben genannten Örtchens Hagnau fanden nach der unheimlichen Nacht oberhalb ihres Dorfes ungeheure Eishügel aufgeschichtet und einen mächtigen Felsblock am See, der aus der Tiefe des Wassers herausgeschleudert worden war. Ein

Tag danach war der See gänzlich zugefroren, so daß zwei Hagnauer über den See nach dem drei Stunden entfernten schweizerischen Altnau gehen konnten. Als am nächsten Tage die gesamte Schuljugend von drei thurgauischen Dörfern Gegenbesuch machte, da beschloß der Hagnauer Gemeinderat, die herkömmliche Seeprozession durchzuführen und das Bildnis in Münsterlingen wieder zu holen; das war am 6. Februar 1830.

Obgleich damals die Klosterfrauen zu Münsterlingen das Bildnis nur mit schwerem Herzen auslieferten, dachte doch im Jahre 1880, als der See wieder zu war, niemand mehr daran, dasselbe wieder zu holen.

Neun Hagnauer Burschen aber gingen hinaus auf den See, holten den oben erwähnten Block ins Dorf herauf und setzten ihn als Denkmal an die „Eiszeit“ von 1830 und 1880 an die Straße, nachdem sie ihre Namen in den Stein eingegraben hatten. Münsterpfarrer Brugier aber mußte ein Verslein dazu machen mit dem Wortlaut:

„Als anno dreißig brach das Eis,
Entfloh ich meinem Wassergrab,
Ruht‘ aus am Dorfbach fünfzig Jahr. –
Wer jetzt den Ehrenplatz mir gab?
Lies hier die neun, die Unverzagten,
Die heuer über’n See sich wagten.“

Das Blühen des Sees

(Friedrich Otte)

Wenn vom Himmel nieder die Abenddämmerung steigt
Und sich das Haupt der Blume zu sanftem Schlummer neigt,

Da fängt, wenn alles feiert, wenn Schiffer ruht und Kahn,
Im See ein andres Leben, ein andres Blühen an.

Die Welle, die so fröhlich das Ufer einst bespült,
Sie legt sich leise nieder, vom Abendschein gekühlt.

Und blanke Purpurröte steigt aus der Tiefe Quell
Und macht die Seeflut glänzen, gleich einer Rose hell.

Gleich einer Rose duftig, von zart gewob'nem Schein,
Es strahlen die Zauberfarben weit in die Nacht hinein. –

Das ist ein Werk der Feen tief in des Wassers Grund;
Die treiben da ihr Wesen in stiller Abendstund'!

Beim hellen Sonnenschimmer kann nicht ihr Werk gedeih'n,
Der Mond in stillen Nächten begünstigt sie allein.

Da springen auf die Pforten des Schlosses von Kristall,
Es heben sich aus den Tiefen die leichten Wesen all;

Laut jubeln sie und schlingen den Reigen Strand entlang
Und freuen sich des Zaubers, der ihnen gut gelang;

Kaum aber ruft der Morgen, der mun'tre Wächter, an,
Da fängt die schimmernde Rose sich zu entfärben an;

Und wenn der Alpen Stirne im Morgenstrahl erglüht,
Da feiern die Nixen wieder, da ist der See verblüht.

Das Blühen des Sees hat der Bodensee wohl mit mehreren Landseen gemein. Im März sind oft ganze Strecken des Wassers mit einem gelben Staube bestreut, der erst nach tagelangem Umherschwimmen verschwindet. Diese Erscheinung kann nicht vom Blühen der Wasserpflanzen herrühren, da der See derer nur wenige hat; es ist vielmehr nichts anderes als der männliche Samenstaub der an den Ufern wachsenden Obst- und Waldbäume.

Tegelstein

(Alois Schreiber: „Sagen aus den Rheingegenden...“

Auf der Burg Tegelstein am Bodensee lebte einst eine reiche Witwe, Anna von Tegelstein, mit ihrem Sohne und drei Töchtern. Sie war eine überaus stolze Frau und gönnte den Armen kaum die Luft und das Brot. Eines Tages kam auf die Burg eine Pächterin aus der Gegend, in Trauer gekleidet und sprach zur Edelfrau: „Gnädige Frau, gestern ist meine einzige Tochter gestorben; sie war erst achtzehn Jahre alt und die Freude meines Lebens. Nun möchte ich gern um ihre schwarzen Locken einen Kranz von weißen Rosen flechten, da sie doch eine Braut des Himmels geworden. Vergönnt mir, daß ich welche in Eurem Schloßgarten breche, wo sie so schön und reichlich blühen!“ – „Was da!“ fuhr sie die stolze Frau an, „einen Kranz von Nesseln magst du für dein Mädel binden! Rosen geziemen sich nicht für so gemeines Volk; die sind nur für unsers Gleichen!“ – „Nun“, versetzte mit feierlichem Tone und klagendem Blicke zum Himmel die arme Pächterin, „so mögen denn Eure Rosen zu Totenkränzen für Eure Töchter werden!“ – und verließ das Schloß. Aber ihren Wunsch hatte Gott vernommen. Noch vor Ablauf eines Jahres starben alle drei Töchter der Edelfrau, und jede trug im Sarg einen Kranz von weißen Rosen aus dem Burggarten. Und solange das Geschlecht der Tegelsteiner blühte, sah man jedesmal, wenn der Tod eines weiblichen Abkömmlings der Familie nahe war, den Geist der hochmütigen Frau Anna um Mitternacht im Schloßgarten sitzen und einen Kranz von weißen Rosen flechten.

„Wo ihr Schloß am Bodensee lag, habe ich nirgends auffinden können“, schrieb August Schnezler in seinem *Badischen Sagenbuch* 1846, vielleicht ist es ein willkürlich ersonnener Name, da es Schreiber mit Lokalitäten nicht besonders streng zu nehmen pflegte.“

Das Läuten der Türkenglocke

(Inspektor Schilling im „Freiburger Diözesanarchiv“ Nr. 24)

Auf dem Reichstage in Augsburg im Jahre 1566 wurde ein großer Türkenzug beschlossen und zugleich vorgeschlagen, auf diesem die Reichssturmfahne zu gebrauchen. Herzog Christoph von Württemberg machte sogar das Anerbieten, mit dieser seinen Sohn, den Prinzen Edward, nach Ungarn zu schicken, und ließ in seinen Landen noch im gleichen Jahre die erste Türkenglocke läuten.

Zu gleicher Zeit verordnete auch Erzherzog Ferdinand von Österreich, daß seine Untertanen in Vorderösterreich gehalten sein sollen, auf ein gegebenes Zeichen Gott um den Sieg der Waffen zu bitten. „Bey allen Pfarrkirchen, werde Täglichen zur Mittagzeit um zwelf Ur, mit der grossen Gloggen, ein besonder zaichen geleut, darunter ein Jeder Mensch, Jung und Alt, es sey zur Kirchen, oder Straß, zu Hauß, oder auf dem Veld, Wo uund welcher Ennden, die solches leuten begreyfft, mit gepogenen Knyen, in erkandtnus Rew und absteen der Sünden, mit aller andacht und jnnigkeit, dem Allmächtigen umb seines geliebten Sohnes leyden danck sagen und Verrer (ferner) mit andechtigem Christenlichen gebet, zu Gott rüeffen, das sein Allmechtigkait seinen gerechten Zorn von seiner Christenhait gnediglichen abwenden. Auch der Kay. May., als die mit Irer selbs aignen Kayserlichen Person, Leyb, Leben und Pluet, sambt vilen ansehenlichen Fürsten, gegen ermeldten grewlichen Erbfeindt den Türggen, der gantzen Christenhait zum Trotz, in sochen gefährlichen Zug und gegen Rüstung begeben.“ (Mandat des Erzherzogs Ferdinand)

Das tägliche Läuten der Türkenglocke blieb als frommer Brauch selbst dann noch bestehen, nachdem jede Türkengefahr, in deren Abwehr die weltgeschichtliche Bedeutung der Habsburger besteht, längst verschwunden war. Von der Angst aber, welche die Türken im Volke erregt hatten, zeigt die bis heutigen Tags erhaltene Sage, daß der Türke einmal noch sein Rößlein im Bodensee tränken und in dessen Nähe eine große Schlacht schlagen würde. Diese ende jedoch glücklich für die Deutschen und führe zu ewigem Frieden.

Der feurige Fischer

(Birlinger: „Volkstümliches aus Schwaben")

Früher sah man auf dem Bodensee zur Nachtzeit oftmals einen feurigen Mann, den man nur den „feurigen Fischer" nannte. Er lief auf der ganzen Fläche des Sees umher und neckte die Fischer, die bei Nacht fuhren, und setzte das oft so lange fort, bis sie ihm ein Band oder ein gewobenes Seil zuwarfen und dabei riefen: „Fischer, hier hast du ein Bändel!" Dann kam er sogleich ans Schiff und nahm das Bändel oder Seil und zündete es an. Dabei soll er manchmal gesagt haben: „So lange dieses Bändel brennt, so lange darf ich ruhen von meinen höllischen Qualen."

Man hat ihn an allen Orten, die am Bodensee liegen, gesehen. Da geschah es denn wohl, daß die Spinnerinnen, die den feurigen Fischer auf dem See erblickten, ihm zuweilen einen lang und dick gesponnenen Faden zum Fenster hinaus hielten und ihm zuriefen. Augenblicklich stand er hinter dem Fenster und nahm den Faden, und wenn der recht lang war, so schlug er ein helles Freudengelächter an, begab sich wieder auf den See und zündete den Faden an.

Warum die Schwaben und die von Ulm mit den Fröschen verspottet werden

(Waibel / Flamm: „Badisches Sagenbuch“, 1899)

Bis auf Kaiser Friedrichs Zeiten war zu Ulm nie ein Hering gesehen oder gekannt worden. Da begab es sich, daß ein frommer, biederer Mann gen Ulm kam, der ein Kaufmann gewesen und unter anderen Waren, so er mit sich gebracht, waren auch Heringe, welche der Kaufmann laut angepriesen, wie es eine so gute Fastenspeise und gar leicht ohne alle Unkosten zu bereiten, und wenn sie nur das Feuer gesehen hätten, wären sie schon gekocht.

Da waren die Herren von Ulm sehr erfreut, ließen die Heringstonne alsbald auf das Feld hinausführen und machten ein großes Feuer an. Da stand der weise Herr Bürgermeister von Ulm, nahm einen Hering heraus und hielt ihn ans Feuer; aber leider entwischt er ihm aus der Hand, dieweil er schlüpfrig gewesen. Der Bürgermeister nicht langsam, greift ins Gras, daß er ihn erwische. Er erwischt aber einen Frosch, und weil er ihn drückte, schrie der: „Kwäck! Kwäck!“ Alsbald sagt der Bürgermeister: „Kwäck hin, Kwäck her, du hast das Feuer gesehen!“ und wisch, damit ins – Maul.

„Ein swabe hett ein frosch gefangen. Den fraget ein ander schwabe: Losa, wanna, gastha? Ich gang aus dem haga. Was hasch gefängen? Ein fegele. Wie sind im die ougen als root? Da hatz vil gewonet. Wie sind im die fieß als broaytt? Da hatz nye kein schuch angeloaytt. Wie ist an bouch als gell? Do istz ein eyfol schmer. Wirffs ouff, laß fliegen! Got noain, ich wils unter ein Krut versieda.“

Die Prinzessin vom Bodensee

(Georg Rapp in August Schnezlers „Badisches Sagenbuch“, 1846)

Es sah die Insel aus dem See
Mit weißer Brust zur blauen Höh‘:
Sie spiegelt sich im Wellenbade,
Sie winkt hinüber zum Gestade:
„Mein ist des Sees Diamant,
Wer mag ihn holen sich im Land?“

Und wie er glänzt vom Söller her,
Macht jedes Herz die Liebe schwer:
„O Fürstenkind der Alemannen,
Wer darf dein schlankes Bild umspannen?“
Das darf die keusche Luft allein,
Der Wellen froher Silberschein.

Sie lächelt in das schöne Land:
„Wer freit die stolze Fürstinhand?
Mein ist der freie Inselhügel,
Mein dieses Meeres weiter Spiegel,
Mein ist der hohe Jugendleib;
Wo blüht umher ein reicher Weib?“

Der See umwallt sie meilenweit,
Und höhnt der Freier heißes Leid.
Da reitet von den Alpenhöhen
Ein welscher Graf, sie zu erflehen.
Als Bote zieht sein Hund voraus,
Er schwimmet zu der Fürstin Haus

Er beut ihr dar den Liebesbrief:
„Sind deine Wellen trüglich tief,

Und kannst du treu und tiefer lieben,
So rüst‘ ich dir die Barke drüben,
Die hole dich zum Land so hold,
Zum Marmorschloß voll Lust und Gold!“

Sie knüpft ihr Wort dem Boten an:
„Dein Leib sei deiner Hoffnung Kahn,
Dein Segel sei die Lieb‘ alleine,
Dann will ich folgen als die Deine.“
Er reitet fort mit Spott und Scham:
„Nimm einen Fisch als Bräutigam!“

Eine Taube fliegt auf ihre Hand
Und beut ein flehend Busenband:
„Auf meinen grünen Schweizer Auen
Laß uns die Bundeshütte bauen;
O komm zu mir, du Himmelslicht!
Ein treuer‘ Herz beglückst du nicht!“

Die Taube kehrt zum Alpensohn:
„Was sucht der Hirt den Fürstenlohn?
In meinen grünen Wellengründen
Magst du die Bundeshütte finden.“
Da sinkt er in den tiefen See
Mit seiner Liebe tiefem Weh.

Es lagert im verheerten Feld
Ein Werber neu, ein Frankenheld:
„Ich habe ihrer Väter Marken,
Will nun im schöner’n Sieg erstarken.
Mein Edelfalke trage hin
Den Brautring meiner Königin!“

Hoch schwebt der Falk‘ und unsichtbar,
Was schimmert durch die Luft so klar?
Es fällt mit stummen Siegergrüßen
Ein Diamantring ihr zu Füßen;
Sie steckt ihn sinnend an die Hand
Und schaut errötend nach dem Strand.

Dann kränzt sie ihren Ahnensaal
Und füllt den gastlichen Pokal;
Sie läßt den Pfad voll Blumen säen,
Die Tore auseinandergehen;
Sie steht im bräutlichen Talar,
Den Myrtenzweig im blonden Haar.

Und dort beschwört den See der Held:
„Besitzen will ich ihre Welt!
Sei mein, du frohes Reich der Wellen!
Ihr sollt euch meiner Liebe stellen,
Versäumt die Untertanenpflicht,
Ihr hellen Geister, drunten nicht!“

Er schickt sich rasch zur Reise an
Und furcht der Wogen klaren Plan,
Da summt und quillt es aus den Tiefen,
Als ob ihn Geisterstimmen riefen.
Er bannt sie mächtig aus der Gruft,
Denn droben ist, die ihn beruft.

Die Geister heben ihn empor;
Er tritt, den Blick voll Liebe, vor.
Er schreitet auf den Blumenwegen
Der Herrin durch das Tor entgegen.
Sie reicht ihm des Willkommens Trank
Und küßt vom Mund der Liebe Dank.

Sie blüh'n, ein friedlich Fürstenhaus,
Das dehnt sein Reich in Liebe aus. –
Die Wassergeister mit den Grotten,
Die Burgen und die Heldenflotten,
Die Insel, ihres Namens Klang
Verschwanden längst im Zeitendrang.

Der Ochs vom Bodensee

(Birlinger: „Volkstümliches aus Schwaben")

In Oberschwaben fütterten die Bauern ehedem ihre Ochsen dergestalt, daß sie eine ungeheure Größe erreichten. Da behagte es einmal einem solchen Ochsen nicht mehr im Stalle; er brach aus und lief fort, bis er an den Bodensee kam. Da stutzte er zwar eine Weile, besann sich aber nicht lange, sondern spazierte in das Wasser hinein und nahm bei jedem Schritt einen Schluck zu sich, und das ging so fort, bis er durch den ganzen See hindurchgegangen war und er auf der anderen Seite am Schweizer Ufer wieder herauskam. Da hatte er so nebenbei im Gehen den ganzen See ausgetrunken. Nun dachte der Ochs, er wolle sich doch auch die Schweiz ein wenig ansehen und ging hinein. Wie er nun einmal stille stand und sich die fernen Berge ansah, kam ein mächtiger Vogel und setzte sich auf das eine Horn des Ochsen. Nach einer Weile schüttelte der Ochs ganz ruhig nur ein wenig seinen Kopf, worauf der Adler fortflog und sich auf das andere Horn setzen wollte. Bis er dies aber erreichte, brauchte er nicht weniger als zwei volle Stunden. Da kann man sich wohl denken, was das für ein große Ochse gewesen sein muß.

Meersburg und Umgebung

Meersburg mit der Unterstadt, Stahlstich von J. Poppel nach K. Corradi, 1850

Die Meersburg

(Lewin Schücking)

Meersburg ist sehr alt, und schon der Name deutet darauf hin, daß die Stadt einem Leuchtturme und den dabei erbauten Fischer- und Schifferhütten ihren Ursprung zu verdanken habe, da man diesen Turm nur die Burg am Meere, Meersburg, nannte. Im 14. Jahrhundert kam Meersburg an das Hochstift Konstanz, nachdem es dem welfischen Hause gehört hatte, von Kaiser Friedrich I. eingezogen und zum Herzogtum Schwaben geschlagen worden war, woher es Bischof Eberhard von Waldburg entweder vom König Konrad IV. oder von Konradin erworben haben soll. Jedenfalls soll Meersburg um 1262 und 1267 Sitz Konradins gewesen sein.

Der Turm oder das hohe viereckige Gebäude, der älteste Teil des Meersburger alten Schlosses, ist jetzt von den übrigen Bestandteilen desselben ganz umbaut. An diesem in fränkischer Bauart errichteten Turme fand man die Buchstaben C. M. eingehauen, welche auf Karl Martell gedeutet wurden. Seit dem Jahre 1838 wohnt in diesem Schlosse der Freiherr von Laßberg, der verdienstvolle Förderer altdeutscher Literatur, der seine unschätzbare Bibliothek und Handschriftensammlung in dem feuerfesten Archivgewölbe der Bischöfe aufgestellt hat. (Siehe „Universallexikon von Baden, Seite 767)

Hoch über Felsen steht sie aufgebaut
Am Seegestad, daran die Wogen schlagen;
So hoch – was über ihr die Wolke braut,
Scheint sie mit grauen Zackenreih'n zu tragen.

Inmitten steht, den Dagobert gesetzt,
Der Turm, in dem der Schild Martells geklungen,
Ein fest Gemäu'r, so stark und unverletzt,
Als ob es sein Jahrtausend übersprungen.

Durch seine Scharten schau ich in das Land
Weit, weit hinaus, auf sonn'ge Uferstrecken,
Die wie ein Blumenkranz rings um den Rand
Von einem festtäglichen Silberbecken.

Die stillen Schiffe seh‘ ich, wie sie sacht
Segel und Masten unterm Winde neigen;
Wie einen Mast, daran die Wolke flaggt,
Seh‘ ich das Alphorn in die Lüfte steigen.

Und diese Burg – ein fabelhaftes Haus,
Als ob's ein Mönch gemalt in seinen Psalter!
Mich überwölbt die Decke dieses Baus
Mit bunten Träumen aus dem Mittelalter.

Ein Hornesstoß! Es rasselt unterm Tor,
Die Sporen klirren auf den Wendelstiegen; –
Dort, auf der Warte Söller, hoch empor
Bis in die Lüfte, die den Habicht wiegen:

Das ist des Konradin Panier; es weht
Der Sonnenstrahl in seinen goldnen Falten;
– Er selbst – er hat dem Reiher nachgespäht
Und auf der Faust das Federspiel gehalten.

Jetzt auf die Zinne mit dem Arm gestützt
Blickt er hinab, wie ihn das Wasser spiegelt,
Sein träumend Haupt vom Abend angeblitzt
Vom weichen Föhn Italias umflügelt.

Italias! – Es kommt wie Gruß geweht,
Wie laue Bergesluft der Apenninen;
War's nicht wie süßen Harzes Duft, wenn spät
Die Sonne noch den Pinienwald durchschienen? –

Er fährt empor – ein Falk, der Beute sieht, –
Das Herz hat Flügel und die Lüfte tragen –
Da liegt's, da glüht's, Apuliens Gebiet,
Und nun ein heiß, ein königliches Jagen!

„– O Karl von Anjou – Anjou hüte dich!
Von diesen Alpen sieh es niederkommen;
Wie jäher Bergsturz kommt es über dich,
Wie sturmgepeitschte Fluten angeschwommen! –

Doch ha, verdammt! – Noch in dies blanke Schwert
Ist keine Scharte klirrend eingehauen;
Laut wiehernd an der Krippe steht das Pferd,
Und muß am Halfter seinen Schaum zerkauen.

Wann wirst du, wann, in Eisen aufgezäumt,
Den Hohenstaufen in sein Erbe tragen?
Wann wird dein Huf, von frischem Blut beschäumt,
Sich in den toten Schädel Anjous schlagen?

O schnödes Volk! – Ihr laget Mann für Mann
Im Staub einst vor den Kaiser-Ghibellinen;
Zu mir heran – o eine Schar nur – dann
Nur einmal Blut auf diese Panzerschienen! –“

Er sendet glühend seine Blicke fort
Die Alpenriesen vor ihm zu durchbrechen;
Sie aber stehen, düstre Warner, dort,
Wie Schilde hebend ihre Gletscherflächen,

Ringsum in Wetter eingehüllt, daß schwer
Um ihren Leib die Wolken niederhangen;
Blutrote Blitze zucken daraus her,
Als sei's das Leuchten ihrer Gürtelspangen.

Johannes Heuglin in Meersburg

(August Schnezler: „Badisches Sagenbuch“, 1846)

Das unschuldigste Opfer von denjenigen, welche für die gescheiterte Bauernempörung in der Seegegend (1525) besonders büßen mußten, war Johann Heuglin, den man wegen Abfassung der Sernatingischen Bauernartikel und Verkündigung ketzerischer Lehren öffentlich anklagte und sofort dem geistlichen Gerichte des Bischofs von Konstanz übergab. Der gute Mann bekannte alles getreulich, was er gelehrt hatte, leugnete aber trotz der Qualen der Folter standhaft, was man ihm andichtete, und weigerte sich entschieden gegen jeden Widerruf, solange man ihn nicht aus der heiligen Schrift eines Irrtums überführen könne. Das Gericht wurde auf dem Marktplatz zu Meersburg öffentlich abgehalten. Nur mit Mühe konnte Heuglin die Erlaubnis erwirken, sich gegen die einzelnen Anklagepunkte vor dem Volke zu verteidigen. Er tat es mit jener Kraft der Überzeugung, die auch den Schwächsten mutig und beredt macht. Als der Punkt kam, worin man ihn beschuldigte, das Fegefeuer geleugnet zu haben, rief er aus: „Lieber Gott, ich mußte durch die Schmerzen im Gefängnisse und auf der Folterbank wohl Fegfeuer genug empfinden!“ und fing an zu weinen. Viele der Zuschauer vergossen ebenfalls Tränen, während der bischöfliche Vikar höhnisch lächelte. Als Heuglin dies bemerkte, fragte er ihn: „Warum lachet er über mich? Ich bin ein armer, verlassener Mann, der das Auslachen nicht verdient! Gott vergeb‘ es Euch, Ihr wisset nicht, was Ihr tut!“ – Aber ungeachtet der klarsten Darlegung seiner Unschuld wurde Heuglin nun zum Tode verurteilt, sogleich auf die Richtstätte abgeführt und als Ketzer und Feind der Kirche verbrannt!

Benno von Kirchberg

(Georg Rapp in Schnezlers „Badisches Sagenbuch“, 1846)

Ritter Benno liegt gebunden
In des Kerkers ödem Grab,
Fleht um Tod im Schmerz der Wunden,
Die des Bruders Hand ihm gab,
Der im Kampf ihn hingerungen
Um der Schönsten Liebesblick,
Seines Lebens Reiz verschlungen,
Seiner Hoffnung stilles Glück.

Horch! Es hallen tiefe Glocken
Und der Orgel Donner jagt
In der Chöre Festfrohlocken
Und der Liebe Morgen tagt:
„Macht mich frei, ihr Himmelsworte,
Liebe, Liebe, brich mir Bahn!“
Er zerreißt die Kerkerpforte,
Schreitet zu dem Dom hinan.

Hingegossen auf die Stufen
Sieht er die Beglückten knien,
Hört ihr ewig Ja sie rufen,
Klirrt in seinen Ketten hin:
„Ja und Ja! Du Donnerstimme,
Ja, ach Ja, du richtest mich!
Brich mein Himmel denn im Grimme,
Und mein Engel berge sich!“

Im bekränzten Ahnensaale
Schwelgt im Fackeltanz das Paar.

Wer erscheint mit dem Pokale,
Beut ihn der Vermählten dar?
„Nimm ihn hin, den Trank, den herben,
Drin ist meiner Zähren Flut;
Leer' ihn froh auf mein Verderben,
Wie dein Gatte trank mein Blut!"

Über seine Schwelle leise
Tritt die Auserwählte ein;
Dem mit Blut erkauften Preise
Will er sich in Wonnen weih'n.
Aber – wie vom Schreck Gemähte
Taumeln sie vom Kuß zurück.
Er ist hier auch, der Verschmähte,
Mit dem hohlen Todesblick.

„Zu ermessen, was mir fehlte,
Sah ich tief das Glück, die Lust;
Doch gestillt ist meine Seele,
Ausgerungen hat die Brust.
Aus der bangen Kerkerzelle,
Wo von Liebe Liebe litt,
Bau ich meine Himmelsschwelle,
Fleh' um euren Eingang mit!"

Süßer als der Lieb' Erwachen,
Wonniger als ihr Genuß,
Lohnt es ihm in Bruderarmen;
Er verzeiht im Friedenskuß.
An des Felsenstroms Gebrause,
Auf des Tannentales Strand,
Baut er seine Gottesklause
Vom Gestein der Kerkerwand.

Der Gebirge Häupter schauen
Um ihn her, sein Friedensschild,
Bergen jenseits aller Auen,
Fern, wie seiner Liebe Bild.
Herzen, die verraten trauern,
Von des Jammers Macht umtost,
Pilgern hin, zu Bennos Mauern,
Und er spendet ihnen Trost.

Das Schloß Kirchberg liegt bei dem Amtsorte Salem, an welchen es im Jahre 1288 kam. Hier beschloß der letzte Reichsprälat von Salem sein Leben. In frühester Zeit nannte sich ein Adelsgeschlecht von Kirchberg.

Meersburg versinkt einstens

(Birlinger: „Volkstümliches aus Schwaben")

Meersburg am schwäbischen Meer steht nach der Sage auf dem Wasser. Nur eine dünne Erdschicht trennt die Straßen und Plätze vom Wasser. So wollte einmal jemand einen Brunnen graben, aber bald brach das Seewasser aus der Tiefe hervor. Kommt einmal ein großes Erdbeben, fällt Meersburg ins Wasser.

Einem Turm, der als Leuchtturm für die Fischer diente, verdankt die Stadt wohl ihren Namen. Der Sage nach wurde sie schon vom fränkischen König Dagobert bewohnt; 1200 war es im Besitze der Grafen von Rohrdorf-Meßkirch, gehörte später an das Hochstift Konstanz, wo es fast 600 Jahre blieb, bis es 1806 an Baden kam. Der letzte Bischof des Hochstifts war von Dalberg.

Das zugemauerte Tor

(Staiger: „Meersburg“, 1853)

Das Zwingtor oder zugemauerte Tor in Meersburg zuoberst bei der Pfarrkirche hatte seinen Namen, weil außer dem Bischof niemand durch dasselbe reiten oder fahren durfte. Darüber erzählt die Sage:

Einst wollte ein Ritter das Tor passieren. Ihm begegnete ein Bürger und hielt ihn davon ab. Der Ritter aber kehrte sich nicht daran, sondern suchte trotz des Bürgers Widerstand durchzukommen. Darüber entstand schließlich ein Kampf zwischen beiden, in dem der Bürger, der das Recht des Bischofs verteidigt hatte, unterlag. Männer, welche dazu kamen und den Ihrigen in seinem Blute daliegen sahen, verfolgten den Rittersmann, um die Tat zu rächen. Dieser entfloh und warf sich in die Burg des Bischofs, die hinter ihm verrammelt wurde. Das veranlaßte großen Auflauf. Die Bürger, durch den Tod ihres Mitbürgers empört und jetzt noch durch den Schutz, den der Ritter im Schlosse fand, um so mehr erbittert, verlangten Genugtuung und Auslieferung des Mörders. Da ihre Forderung abgeschlagen wurde, bestürmten sie das Schloß, das damals noch keine Zugbrücke hatte. Es wurde eingenommen, aber – der Bischof samt Ritter waren fort. Sie hatten sich durch einen geheimen Gang zum See geflüchtet und waren nach Arbon in den Thurgau gefahren, worauf der Bischof die Stadt in Acht erklärte.

Von jetzt an nahm der Bischof seine Residenz in Konstanz. Im Jahre 1356 wurde Bischof Johann IV. bei einem Abendessen auf der Pfalz daselbst von Konrad von Hohenburg ermordet, der nach der Sage im Wahnsinn über seine Tat geendet haben soll. Jetzt wurde die bischöfliche Residenz wieder nach Meersburg verlegt.

Das Zwingtor wurde seit jenem Vorgang zugemauert und die

Stadt vieler Privilegien beraubt.

Wann der oben erwähnte Mord begangen wurde, ist unbekannt; gewiß ist nur, daß im Jahre 1419 unter Kaiser Sigismund eine Achtaufhebung stattfand.

Das Tor wurde 1820 abgebrochen. Der unterirdische Gang führte vom alten Schloß herab durch den Domkapiteltorkel und den hinteren Seetorturm in den Kapitelshof (jetzt Schiffgasthaus) und daraus an den See.

Meersburg von Süden, Lithographie um 1830

Die Hunderteinser in Meersburg

(Waibel / Flamm: „Badisches Sagenbuch“, 1899)

Seit alter Zeit besteht in der ehemaligen Bischofsstadt die Gesellschaft der Hunderteinser. Nach der Sage sollen infolge der Pest alle Bürger in Meersburg bis auf zehn gestorben und diese aus Furcht vor Ansteckung nicht mehr zusammengekommen sein. Um wieder ein geselliges Leben einzuführen, soll Kaspar Müller, ein Bader aus Meersburg, im Anfang des 16. Jahrhunderts die Gesellschaft gestiftet und mit einem Fond begabt haben, der im Jahre 1570 von Pfarrer Johann Buhlmann vergrößert wurde.

Zweck der Gesellschaft ist es, wie eine alte Urkunde besagt, das zeitliche Wohl ihrer Mitglieder zu fördern, Eintracht und christliche Liebe zu stiften und zu erhalten, auch Zucht und Ehrbarkeit zu fördern.

Die Hunderteinser tagten früher im Gasthaus zum Bären, daher werden sie auch „Gesellschaft zum Bären“ genannt. Seit dem Jahre 1632 besitzt die Gesellschaft auch einen hölzernen, aufrecht stehenden Bären, der in seinen vorderen Pratzen einen Schild mit dem Wappen des Bistums Konstanz, der Stadt Meersburg und des Stifters Kaspar Müller hält. Dieser Bär wird bei den Versammlungen der Gesellschaft jedesmal aufgestellt. Im Jahre 1798 wurde das Gasthaus zum Bären an die Stadtgemeinde Meersburg verkauft, und seitdem werden die Versammlungen auf dem Rathaus gehalten.

Die oberste Leitung liegt in der Hand des Oberpflegers, dem ein Unterpfleger beizugeben ist, von welchem das Vermögen verwaltet und Rechnung gestellt wird. Ein Ober- und Unter-Irtner (Ordner) haben für Handhabung der Bestimmungen der Satzungen und der Ordnung bei Festen und Gelagen zu sorgen.

Solche finden jährlich am Tag des heiligen Johannes des

Evangelisten (27. Dezember) auf dem Rathaus zur Abhör der Rechnungen und Wahl der Vorstände statt. Zweimal des Jahres wurde früher der Gesellschaftstrunk gehalten: am Abend des Neujahrstages und am Feste Johannes des Täufers. Wegen der teuren Weinpreise findet die Feier nur noch am erstgenannten Tage statt. Der Gesellschaftstrunk besteht in sechs alten Schoppen Wein mit Brot für jeden Gesellen. Früher wurden auch Würste verabreicht. Bei dem Trunk bringt der Oberpfleger im Namen des Stifters ein Hoch aus („Auch die Toten sollen leben!") und läßt einen von ihm gestifteten silbernen Becher von Mund zu Mund der Gesellen gehen, wobei jeder spricht: „Nach des Stifters Meinung." Alsdann hält der Oberpfleger eine kurze Ansprache an die Gesellen und empfiehlt Liebe und Eintracht in der Gesellschaft. Unterdessen wird der hölzerne Bär herumgetragen, der auf dem Kopf einen eisernen Sitz hat. Auf diesen Sitz wird ein Apfel gesteckt, in welchen jeder Gesell ein Stück Geld eindrückt als Trinkgeld für die Bedienung.

Meersburg, Aquarell von Caspar Obach, 1845

Neujahrstrommeln

(Waibel / Flamm: „Badisches Sagenbuch", 1899)

In Meersburg zogen noch um 1840 in früher Stunde der Neujahrsnacht zwei Trommler und ein Pfeifer in der Stadt herum und spielten vor jedem Haus drei Stückchen auf. Es soll dies, nach der Sage, vom Aufhören der Pest um die Mitte des 17. Jahrhunderts herrühren, und dieser Brauch von einem Trommler und Pfeifer aus Markdorf und Ravensburg herkommen, welche, als die einzigen Personen, die in der Umgebung dieser Orte noch am Leben blieben, auf dem Wege zwischen diesen beiden Städten sich zufälligerweise begegneten und nun miteinander von Ort zu Ort wanderten, um mittels Trommel und Pfeife das Ende des „schwarzen Todes" zu verkünden. Um 1840 wurde der Brauch durch die Polizei abgeschafft.

Vielleicht ist dieser Brauch ein Überbleibsel des Sonnenwendfestes, wo in den Zwölfen (den 12 Nächten von Weihnachten bis Dreikönig) Umzüge mit Gesang und Tanz gehalten und die Nacht durchwacht und gezecht wurde.

Meersburg vom Hafen aus, Zeichnung von Eduard Schuster, 1908

Vom süßen Meersburger und dem sauren Seewein

(Heinrich Hansjakob: „Schneeballen“, Band 3)

Zu der Zeit, als noch die Römer in ihrem Kastell Marispurgum saßen und die Kelten ringsum ihre Untertanen waren, kam einmal unser Herr mit St. Peter an den See auf einsamer Wanderung.

Da, wo heute die Dörfer Immenstaad und Hagnau liegen, hat er an verschiedenen Fischerhütten und Pfahlbauten um Nachtquartier für sich und seinen Begleiter gesucht, aber die mißtrauischen Keltenmännlein wiesen ihn seiner fremden Erscheinung wegen grob ab.

In Meersburg, wo römische Kultur sich niedergelassen, waren die Leute gastfreundlicher und höflicher. Sie gaben den zwei Fremdlingen Herberge für eine Nacht. Am anderen Morgen vor der Reise sprach der Herr: „Weil ihr mich und meinen Freund so gastlich aufgenommen, will ich euch eine bleibende Freude machen. Weinstöcke sollen alsbald eure Hügel bedecken und Wein bringen zu eures Herzens Fröhlichkeit.“ So geschah es alsbald, und schon am Abend jenes Tages tranken die Meersburger süßen Wein.

Als nun die groben Keltenbäuerlein oberhalb Meersburg von der wunderbaren Gabe hörten, eilten sie dem Fremdling nach, der indes am See unterhalb des Römerkastells ebenso gröblich behandelt worden war und in keiner Hütte auch nur einen Bissen Brot bekommen konnte. Der weinsüchtige Landsturm von oben verkündete den Seehasen unterhalb Meersburg, was vorgefallen, und gemeinsam eilten alle dem Wundermann nach, erreichten ihn noch, ehe er bei den Pfahlbauten von Servatingen das schwäbische Meer verläßt, fallen ihm zu Füßen und bitten um Verzeihung für ihre Grobheit und auch um Weinberge.

Der Herr, gütig wie immer, verzeiht und sagt ihnen die Erfüllung ihres Wunsches zu. Bis sie heimkämen, sollten Rebstöcke die Uferhalden zieren. – Mit freudigem Dank und jubelnd zogen die Kelten- und Pfahlbaumännlein von dannen. St. Peter aber, der es in menschlichem Unmut nicht so leicht verschmerzen konnte, daß sein Meister so gröblich war behandelt worden, sprach: „Aber, Herr, wie konntest du diesen Grobianen zur Verzeihung noch ein so schönes Geschenk machen? Sie werden jetzt sicher zu viel trinken und deiner erst recht vergessen.“

Der Herr aber antwortete: „Petrus, beruhige dich. Weinberge sollen sie haben; der Wein aber wird so sauer sein, daß sie gestraft genug sind durchs Trinken.“

Seitdem wächst der Seewein sauer, was ihm sogar einen Ruf verschafft hat, und nur in seltenen Fällen erbarmt sich der Himmel und läßt einen guten Tropfen wachsen. Das ist aber dann ein Jubeljahr, von dem Kinder und Enkel noch reden, bis wieder eins kommt. Mit Recht berühmt ist nur der Meersburger

Das Meersburger Schloß, Zeichnung von Eduard Schuster, 1908

Wie das Meiergut Haltnau bei Meersburg an das Spital zu Konstanz kam

(Staiger: „Meersburg", 1853)

Nicht weit von Meersburg liegt das alte Meiergut Haltnau, das dem Spital Konstanz gehört.

Die letzte Besitzerin, Wendelgard von Halten, so erzählt die Sage, war eine mißgestaltete Person mit einem Höcker und einem schweinskopfähnlichen Haupte; sie war mild und gut; dem ungeachtet wurde sie gemieden. Da sie zu Jahren kam und noch häßlicher geworden war, ekelten sich sogar ihre Dienstleute vor ihr. Sie beschloß, sich in einem Spital zu verpfründen, wo sie einsam leben könnte, und wandte sich an das Heiliggeistspital zu Meersburg; dieses schlug ihre Bitte ab. Nun fragte sie in Konstanz. Man war ihr willfährig, und als der Verpfründungsvertrag abgeschlossen war, verließ sie Haltnau und zog nach Konstanz, wo ihr eine besondere Magd zu Dienst gegeben wurde.

Nachdem diese gestorben war, trug sie der Verwaltung vor, sie wolle ihr ganzes Gut dem Stift vermachen, wenn man nebst einigen Dienern ihr noch eine Chaise zur Ausfahrt zur Verfügung stellen würde. Auch dies ward eingegangen, und sie lebte ganz nach Wunsch. Täglich fuhr sie von ihrer Dienerschaft begleitet aus, die, reich beschenkt, sich bald an sie gewöhnte. Als der Tod kam, vermachte sie dem Spital auch noch ihr sonstiges Vermögen.

Im Spitalarchiv findet sich über die Schenkung eines Weinbergs in Haltenau durch Ulricus, genannt Sumbri, eine Urkunde vom 6. November 1272.

Die Goldgräber zu Oveltingen

(Waibel / Flamm: „Badisches Sagenbuch“, 1899)

An der Heerstraße, die das Schwabenland mit dem Bodensee verbindet, lag einst ein stattlich großer Ort, Oveltingen genannt. Noch größer als sein Umfang war sein Reichtum und sein Name, weil Goldminen sich in seiner Nähe befanden. Dies war auch die Ursache, daß er an das Hochstift Konstanz verpfändet wurde. Den traurigen Bann zu lösen, kam der Fürst von Heiligenberg. Er scheute nicht den Spuk der bösen Geister und ihr trügerisches Spiel. Tag und Nacht grub er nach Gold. Er fand es auch, wer könnte daran zweifeln? Das Wie kann niemand wissen; doch wo er es gefunden, das meldet uns die Sage; sie nennt den Ort das „Knappenloch“.

Oveltingen, wohl das jetzige Unteruhldingen, kam im 12. Jahrhundert an Konstanz, danach an die Fürsten von Heiligenberg-Fürstenberg. – Fürst Anton soll nach Gold gegraben haben.

Schloß Meersburg von oben, Zeichnung von Eduard Schuster, 1908

Oben: Eingang zum alten Schloß in Meersburg,
Unten: Grundriß des alten Schlosses in Meersburg,
beide Zeichungen von Eduard Schuster, 1908

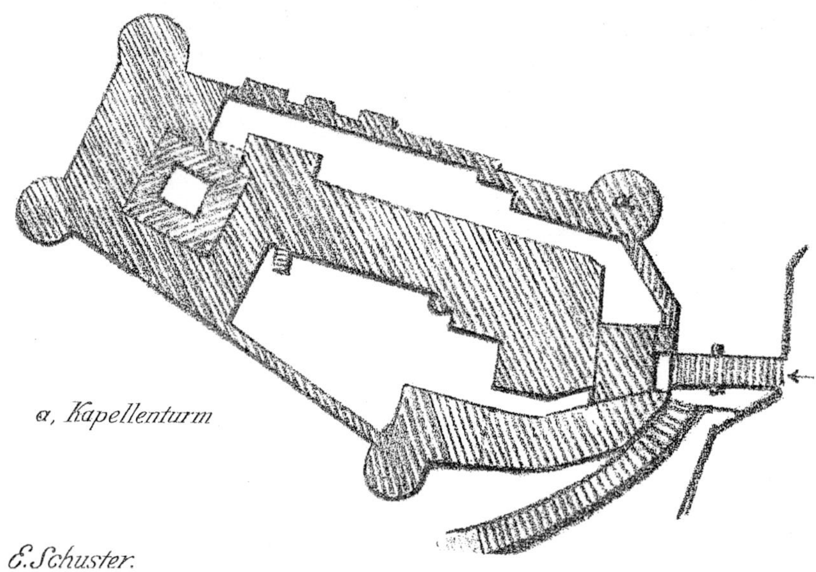

Birnaus Wallfahrtsmutter

(Waibel / Flamm: „Badisches Sagenbuch“, 1899)

Zu Birnau auf hochgelegener Alp, wo weithin das Auge schaut über die Ufer des schwäbischen Meeres und die langgestreckten Alpenzüge, stand ein der hehren Gottesmutter geweihtes Gnadenbild. Vor vielen hundert Jahren pilgerten fromme Beterscharen zu diesem Gnadenorte hin, um Heil zu finden für ihre kranken Glieder. Ein Bethaus wölbte sich groß und schön über dem Altare.

Es kam der Schwed. Auch ihn zieht es zu dem Bilde hin. Indes nicht zum Beten findet er sich ein, nur niederbrennen will er es. Die Flamme lodert hoch über dem Altare. Das Gotteshaus ist bald nur Schutt und Asche. Allein das Gnadenbild bleibt unversehrt. Die Kunde von dem wundertätigen Bilde verbreitet sich überall.

Doch wie kam es, daß der Segen ausblieb und bald auch die Wallfahrer? Böser Menschen neidischer Sinn hatte beim Neubau des Gotteshauses für das Gnadenbild ein falsches hingestellt. Und eher, so meldet die Legende, wird der Segen nicht wiederkehren, bis das wahre Gnadenbild sich wiederfindet.

Von Überlingen nach Ludwigshafen

Das Münster
zu Überlingen,
Zeichnung
vom Ende des 19. Jahrh.

Die Prinzessin von Überlingen

(Nach Gustav Schwab: „Der Bodensee nebst dem Rheintale...“)

Eine der frühesten Pflanzstätten des Christentums am unteren Bodensee war Iburningä, eine alemannische Ansiedlung, auf dem nördlichen Ufer des Sees gelegen und auf Felsen gegründet. Wie es scheint, war sie damals, im Anfange des 7. Jahrhunderts, der Mittelpunkt der fränkischen Regierung dieser Gegend. Ein christlicher Frankenherzog Alemanniens namens Gunzo, hoch geehrt am fränkischen Hofe, hatte dort seinen Wohnsitz.

Zu der Zeit, als der heilige Gallus am See den Heiden den wahren Gott predigte, geschah es, daß Herzog Gunzos einzige schöne Tochter, Frideburg mit Namen, die dem Franken Sigebert, Theoderichs Sohn, verlobt war, in eine schwere Krankheit verfiel, so daß ihr Vater und alles Volk glaubte, sie sei von einem bösen Geiste besessen. Die Priester, die ihr Bräutigam zu ihrer Heilung sendete, verspotteten sie, und erst nach langem Toben der Krankheit verlangte sie plötzlich, daß der fromme Gallus aus seiner Wüste geholt werden solle. Als nun die Botschaft über den See nach Arbon kam, wo sich gerade der heilige Mann bei seinem Freunde, dem christlichen Presbyter Willimar, auf Besuch befand, glaubte Gallus, voll Demut, dem Ruf an den Hof des Fürsten nicht folgen zu dürfen und entwich mit zwei seiner Schüler ins alte churische Rhätien nach Quarodaves (Grabs), wo er einen Christendiakon Johann fand und sich bei ihm in einer Höhle verbarg. Doch Willimar eilte ihm nach, fand ihn dort und, indem er ihm zu Gemüte führte, daß es ein Ruf Gottes sein müsse, der ihn zu einem Werke der Liebe fordere, überredete er ihn, mit ihm umzukehren und über den See nach Iburningen zum Herzog Gunzo zu fahren, was er auch tat. Wirklich genas auch die Prinzessin Frideburg auf sein Gebet, und die alte Urkunde (das Leben des heiligen Gallus von Walafried Strabo) erzählt, daß der grimme Geist in Gestalt eines schwarzen Raben aus ihrem Munde geflogen sei. Der dankbare Herzog verlangte, Gallus solle die eben erledigte Bischofsstelle von Konstanz annehmen; aus ungeheuchelter Demut aber lehnte sie Gallus ab, schlug jedoch einen eingeborenen Alemannen, den oben erwähnten Diakonus von Quaradaves, Johannes, dazu vor, der unter seiner Leitung die heilige Schrift studiert hatte. Herzog Gunzo willigte ein, und Gallus wohnte der Weihung seines Freundes im Dome zu Konstanz bei, diese Gelegenheit benützend, um die Liebe Gottes, die sich in der Schöpfung und Erlösung geoffenbart, den Gemütern der neuen Christen zu schildern. Er betrat mit Johannes die Kanzel, und dieser dolmetschte ins Alemannische, was Gallus lateinisch vorgetragen. Als der fromme Apostel mit des Herzogs reichlichen Geschenken nach Arbon zurückkehrte, berief er die Armen aus der Gegend zu sich und verteilte sämtliche Geschenke unter sie. Der Amtmann des Herzogs zu Arbon mußte auf Gunzos Befehl mit allem Volke nach St. Gallus Zelle aufbrechen und ihm dort Wohnungen bauen und einrichten. Die genesene Prinzessin Frideburg aber zog statt der Hochzeitskleider ein Nonnengewand an, und in solcher Gestalt fand ihr königlicher Bräutigam Sigebert sie an dem Altar, wo sie mit ihm getraut werden sollte, und dessen Hände sie wie eine Schutzflehende gefaßt hielt. „Ich trete dich deinem himmlischen Bräutigam ab!“ sprach der fromme König, ergriff die Rechte und legte sie auf den Altar. Dann verließ er die Schwelle des Tempels; „aber“, fügt der Erzähler hinzu, „Tränen verrieten das Leiden seiner verborgenen, entsagenden Liebe.“

Die Heidenhöhlen bei Überlingen

(Heinrich Schreiber in Schnezlers „Badisches Sagenbuch“, 1846)

Zwischen den Dörfern Goldbach und Sipplingen am unteren Bodensee unweit Überlingen zieht sich dicht am Ufer des Sees in bedeutender Höhe und Länge eine mächtige Felswand hin. An dieser Wand bemerkt man viele Öffnungen von allerlei Größe und Gestalt. Es sind dies die Eingänge und Lichtöffnungen der sogenannten Heidenhöhlen oder Heidenlöcher; um 1800 führten noch steinerne Treppen zu den Eingängen, jetzt aber sind sie ganz verwittert, und nur mit Mühe und nicht ohne Gefahr kann man vermittels Leitern in diese wundersamen Gemächer gelangen. Erstaunen und Bewunderung muß aber jeden ergreifen, der dieses seltsame Riesenwerk betritt. Tief im Innern der Felswand finden sich hier eine Menge Gemächer und Kammern. Es ist ein Werk, das außerordentliche Mühe und einen großen Zeitaufwand gekostet haben muß. Die Gemächer sind beinahe alle gewölbt und mit Pfeilern versehen, die Fensteröffnungen großenteils regelmäßig angebracht und selbst nicht ohne Zierlichkeit, nur etwas niedrig, denn die höchsten messen nicht über acht Fuß. An den Wänden sind in den vielen Kammern Sitzbänke, Nischen und allerlei Vertiefung angebracht, jedoch nicht in allen, und überhaupt läßt es sich nicht verkennen, daß alle die Gewölbe und Kammern nicht zu einem und demselben Zweck erbaut worden sind. Unwillkürlich befällt einem beim Eintreten in diese Felsenbehausung der Gedanke an die ägyptischen Totenkammern. – Über den ursprünglichen Zweck und Gebrauch dieser Felsenkammern hat man keine Nachricht und es läßt sich nichts Sicheres darüber ermitteln.

In der Umgegend glaubt man allgemein, daß sie den ersten Christen bei den ausgebrochenen Christenverfolgungen zu Schlupfwinkeln gedient haben oder auch, daß später bei größerer Ausbreitung des Christentums die noch übrigen Heiden der Umgegend in diesen unterirdischen Gemächern ihren heimlichen Gottesdienst gefeiert hätten. Doch auf jeden Fall können weder die verfolgten Christen noch die vertriebenen Heiden zu den obigen Zwecken sich diese Wohnungen erst gebaut haben; denn wer genötigt ist, sich einen Schlupfwinkel zu suchen, hat wahrscheinlich nicht so viel Zeit dazu, sich eine Zufluchtsstätte von solchem Umfang und solchem Zeitaufwand zu bereiten; denn bei einer Arbeit, die so viel Zeit und so viel Mühe erfordert, wären sie sicher vor deren Vollendung verraten worden.

Unverkennbar ist dies ein Römerwerk; aber aus welcher Zeit und zu welchem Zweck, darüber wagen wir nicht zu entscheiden. Und auch der Name Heidenlöcher scheint dieses zu bestätigen, denn wie viele Überreste römischer Bauwerke in unserem Lande werden nicht mit dem Zusatze heidnisch benannt! So der Heidenkeller bei Ettenheimmünster, der Heidenberg bei Ippingen, das Heidenschloß bei Orsingen, das Heidenloch auf dem Heiligenberg bei Heidelberg usw. Übrigens können später, als diese Höhlen leer gestanden, sehr leicht verfolgte Christen hier eine Zuflucht gefunden haben, wie dies unter Pelagius in Spanien im asturischen Gebirge mit solchen Höhlen der Fall war. Ebensowenig wollen wir in Abrede stellen, daß auch nachher verfolgte Heiden ihren heimlichen Götzendienst hier gehalten und daß auch davon der Name Heidenlöcher bzw. Heidenhöhlen entstanden sein könnte. Übrigens müssen diese Kammern noch in späteren Zeiten Menschen zur Wohnung gedient haben; denn in einer derselben, deren Wände mit Kalk überworfen und mit Ruß geschwärzt sind, findet sich unter dem Überwurf in die Wand gehauen die Zahl 1675. Wo sich diese Felswand dem Orte Sipplingen nähert, findet man in den Felsen gehauene Reste einer Einsiedelei mit uralten Bildern im byzantischen Stil. Der Rauchfang und die in Stein gehauene Schlafstätte des Einsiedlers sind noch sichtbar.

Die Heidenlöcher bei Überlingen, Stahlstich v. G. M. Kurz, 1850

Das Märchen von den sieben Schwaben

(Ludwig Bechstein: „Deutsches Märchenbuch“, Leipzig, 1845)

Es waren einmal sieben Schwaben, die wollten große Helden sein und auf Abenteuer wandern durch die ganze Welt. Damit sie aber eine gute Bewaffnung hätten, ließen sie sich einen Spieß machen, sieben Mannslängen lang, den faßten sie zu siebend an und gingen in einer Reihe hintereinander. Voran ging der Herr Schulz, der Allgäuer, als der männlichste unter ihnen; dann kam der Jackli, genannt der Seehas, hierauf der Marli, genannt der Nestelschwab, dem folgte der Jörgli, der ein Blitzschwab geheißen; hernach ging der Michel, Spiegelschwab zubenamset, dann kam der Hans, Knöpfleschwab, und zuletzt kam Veitli, das war ein Gelbfüßler. Diese Beinamen hatten alle ihre gute Ursache. Der Herr Schulz wurde der Allgäuer geheißen, weil er aus dem Allgäu gebürtig war; der Seehas hatte am Bodensee gesessen; der Nestelschwab führte darum seinen Namen, weil er statt der Knöpfe Nesteln (Schnur zum Zubinden) an den Hosen hatte und letztere fast immer mit der Hand in die Höhe hielt, dieweil die Nesteln oftmals abgerissen waren. Der Blitzschwab hieß so, weil er sich die Redensart „Potz Blitz!“ angewöhnt hatte. Der Spiegelschwab hatte die Gewohnheit, seine Nase allemal an den Vorderärmel seines Jankers (Jacke) abzuputzen, der davon einen gewissen Spiegelglanz annahm, das schaffte jenem den sauberen Namen. Der Knöpfleschwab war ein Mann, der verstand, gute Knöpfle oder Spätzle zu kochen. Der Gelbfüßler endlich war aus der Bopfinger Landschaft, deren Einwohner die Umwohner Gelbfüßler schimpften, darum, daß sie einstmals einen Wagen voll Eier, den sie ihrem Herzog als Abgabe hatten bringen müssen, recht voll stampfen wollten und die Eier mit den Füßen festgetreten, davon denn die Eier ein wenig zerbrachen und die Füße der Bopfinger gegilbt hatten.

Zogen nun die Sieben allesamt guten Mutes mit ihrem Spieß dahin, kamen eines Heumondtages in der späten Dämmerung über eine grüne Wiese, da hob sich eine Hurnauspe (Hornisse) nicht weit von ihnen mit feindlichem Gebrummel hinter einer Dornhecke hervor und flog vorüber. Darob erschak der Allgäuer Schulz mächtiglich und begann Angstschweiß zu schwitzen, konnte kaum noch den Spieß halten und schrie seinen Kriegsgesellen zu: "Horcht! Horcht! Der Feind trommelt schon!" Da schmeckte der Jackli, der dicht hinter ihm ging, einen üblen Geruch und rief: „Wohl, wohl! Etwas ist vorhanden! Ich schmecke schon das Pulver!" Da nahm der Schulz Reißaus, ließ den Spieß fahren und sprang über einen Zaun, kam aber gerade auf den Zinken eines Rechens zu springen, und da fuhr im der Stil ins Gesicht und gab ihm einen ungewaschenen Schlag. Schulz vermeinte, der Feind haue auf ihn ein, und schrie: „Gib Gnade! Ich ergeb mich!" Die anderen sechs waren nachgesprungen über den Zaun, und da sie ihren Anführer also schreien hörten, so schrien sie alle: „Ergibst du dich, so ergeb ich mich auch! Ergibst du dich, so ergeb ich mich auch!" Aber es war niemand vorhanden, der die sieben Schwaben gefangen nehmen wollte, und da sie das merkten, schämten sie sich ihrer wenigen Herzhaftigkeit und verschworen sich, diese ihre erste Heldentat nicht weiterzuerzählen.

Weiter so kamen die sieben Schwaben auf ihrem Zuge in einen Hohlweg, und wie sie so tapfer darauf los marschierten, merkten sie nicht, daß ein großmächtiger Bär im Wege lag, bis der Allgäuer ganz nahe an ihm war. Als er den Bären sah, war er hin vor Schreck, stolperte und stieß mit dem Spieße geradezu auf den Bären los, wozu er aber nicht konnte, und schrie dazu gottsjämmerlich: „Ein Bär! Ein Bär!" Er vermeinte, sein letztes Brot wäre gebacken und bereits verzehrt. Doch der Bär rührte sich nicht, dieweil er mausetot war. Darüber war der Allgäuer hoch erfreut, schaute sich um nach seinen Brüdern und sah mit einem Schreck, daß alle wie tot mäusleinstill auf dem Boden lagen, meinte, er habe sie gar mit dem Spieße hinterrücks erstochen und erhob ein Wehgeschrei. Als die am Boden Liegenden merkten, daß der Bär den Allgäuer nicht aufgefressen, lugten sie vorsichtig in die Höhe, und wie sie sahen, daß der Bär tot war, erhoben sie sich frisch und gesund, traten um den Bär herum und auf ihn und untersuchten, wie tief wohl die Wunde sei, die der Spieß ihm beigebracht, fanden aber keine, und der Blitzschwab sagte: „Potz Blitz! Der Bär ist verreckt und schon lange tot!“ – „O ja“, sprach der Jackli, „man schmeckt den Braten.“ Sie wurden sich einig, dem Bären das Fell abzuziehen und als Siegeszeichen mitzuführen, das Aas aber liegenzulassen. „Mögen den Bären nun die Schafe fressen, wie er zuvor Schafe gefressen hat!“ sprach einer von ihnen, und so zogen sie fürbaß mit ihrem Bärenfell und ihrem Spieß.

Und da geschah es, daß die guten Gesellen auf ihrer Weiterfahrt an einen weiten blauen See kamen – so dünkte es ihnen, denn es war alleweil etwas dunkel geworden –, der schlug Wellen im Wind, und droben an seinem Abhang standen die sieben Schwaben und lugten hinunter, wie sie wohl am geschwindesten über diesen See kommen möchten. Es war aber kein Wasser da drunten, sondern ein Feld voll Flachses, der so recht in seiner schönsten blauen Blüte stand.

„Potz Blitz!“ rief der Blitzschwab. „Was ist da zu tun? Über das wilde Wasser müssen wir!“

„Allgäuer, trag du uns hinüber wie weilend St. Christoph die Pilgrimsleute!“ sagte der Seehas. – „Bygoscht!“ antwortete der Allgäuer. „Ins Wasser ging ich wohl, wenn's nicht tiefer ging als an den Hals.“ Der Nestelschwab griff mit der Hand an seinen Hosenbund, das edle Kleidungsstück festzuhalten, daß es ihm nicht entfalle, während er mit der einen Hand schwimmen täte; dem Knöpfleschwab war das Ding gar nicht einerlei! Er lugte scharf, ob kein Haifisch, Walfisch oder Krokodil im Wasser brause; und so standen auch die anderen ganz verlegen da, bis der Blitzschwab sich hinter ihnen herum drückte und ein paar hinunter stieß, indem er ausrief: „Frisch gewagt ist halb gewonnen!“ Da diese nicht untersanken, faßte sich auch der Gelbfüßler das Herz und tat einen Hupf hinunter, ihm folgte der Blitzschwab und der Nestelschwab mit besserem Vertrauen, und zuletzt ritt der Allgäuer auf dem Spieße hinab, und drunten plumpste einer über den anderen, bis sie merkten, daß sie mit der Nase nur in grünes Gras gefallen waren, worauf sie sich allgemach mit etwas gequetschten Rippen wieder aufmachten und an dem Spieße wiederum fürbaß schritten.

Nach mehr als einem Abenteuer, das zu lang wäre zu erzählen, gelangten die sieben Schwaben an einen wirklichen großen See, und da sagte der Seehas, der ihn gleich erkannte: „Das ist der Bodensee!“ An dessen Ufern sollte, wie die Sage ging, ein gefährliches Ungeheuer hausen, welches zu bekämpfen und zu erlegen die sieben tapferen Schwaben sich fest vorgenommen hatten. Da sie nun des Sees ansichtig wurden und zugleich des Waldes, in dem das Ungeheuer sich aufhielt – man wußte nicht, war's ein gräulicher Lindwurm oder ein feuerspeiender Drache – so fiel ihnen zuerst das Herz in die Kniekehle, sie machten Halt und zündeten ein Feuerlein an, auf daß der Knöpfleschwab noch zu guter Letzt – denn wer konnte wissen, ob das Untier sie nicht allesamt mit Haut und Haar verschlingen werde, mit oder ohne Spieß – eine Mahlzeit Knöpfle und Spätzle bereite und stellte während dem Essen Todesbetrachtungen an. Und nach diesem begannen sie ihre Schlachtordnung herzurichten, dabei gab es aber allerlei Span und Zwietracht. Der Allgäuer sagte, er sei nun bislang immer der vorderste gewesen, es wäre Zeit, daß er nun auch einmal der hinterste sei, und es solle der Blitzschwab voran. Der meinte aber: „Kuraschi hab i gnueg im Leib, aber nit Leib gnueg für die Kuraschi und das Beest von Ungeheuer.“ Der Spiegelschwab wischte sich die Nase am Ärmel und tat den Vorschlag, es solle doch wohl besser sein, wenn einer für alle sterbe, und meinte, der Knöpfleschwab könne ihnen diesen kleinen Gefallen tun; der aber schrie Zetermordio, als habe das Ungeheuer ihn schon am Schlafittig. Und so sprachen und stritten sie noch eine Weile hin und her, bis sie sich friedsam einigten und hurtiglich mit ihrem Spieße vorwärts schritten, gerade auf den Wald zu, wo das Untier hausen sollte. Ehe sie den Wald erreichten, kamen sie an einem Rain vorbei, da saß ein Has und machte Männlein und streckte die langen Löffel in die Höh, das war den Schwaben grauslich anzusehen, hemmten darum ihren Schritt und besannen sich, ob sie vorwärts rücken und aufs Untier eindringen sollten mit lang vorgestrecktem Spieß, oder ob sie sich zur Flucht wenden sollten; doch hielt jeder fest am Spieß. Da nun der Veitli hinten zumeist in Nummero Sicher war, schwoll ihm der Kamm und er schrie dem Schulzen zu, der vor ihm stand:

„Stoß zue in aller Schwabe Nama,
Sohnscht wünsch ich, daß ihr mächt erlahma!"

Der Hans Knöpfelschwab, des Veitli Gelbfüßler Vordermann, spottete der Kurasche des Veitli, indem er sagte:

„Beim Element, du hascht guat schwätze,
du bist der letzscht beim Drachahetze!"

Dem Michel sträubte die Herzhaftigkeit das Haar empor, er blickte gar nicht hin nach dem Ungeheuer, sondern sprach mit abgewandtem Gesicht, indem er den Ärmel seinem Gesicht näherte:

„Es wird nit feihla um an Haar,
So ist es wohl der Teufel gar!"

Jörgli luegte dem Michel ins Gesicht und schaute auch gar nicht hin nach dem Büster von Ungeheuer, indem er zaghaft einstimmte:

„Blitz! Ischt ersch nit, so ischts sei Mutter
Oder dem Teufels sein Stiefbruder!"

Dem Marli Nestelschwab, der sich schon ziemlich weit vorn am Spieß befand, daran die Schwaben gingen, wie ein Wiedle gespießter Lerchen, gefiel sein Platz nicht, und er hatte einen guten Einfall: er kehrte sich auch um, da er nicht für nötig fand, das Ungeheuer anzusehen, und rief dem Veitli zu:

„Gang, Veitli, gang, gang du voran,
I will dahinda vor dir stahn!“

Veitli drückte aber seine Ohren zu und tat, als hörte er nicht, worauf der Marli zum Jackli sagte:

„Gang, Jackli, gang, gang du voran!
Du hascht Sporn und Stiefel an,
Daß dich der Drach nit beiße kann!“

Aber Jackli fand seinen Trost darin, daß der Allgäuer an der Spitze des Spießes der sieben Schwaben und des zu bestehenden Abenteuers stand, und sagte:

„Herr Schulz, der muß der erschte sein,
Denn ihm gebührt die Ehr allein.“

Schulz Allgäuer faßte sich ein Herz und sprach mutig, da es nun einmal in die unvermeidliche Gefahr ging:

„So zieht denn herzhaft in den Streit,
hieran erkennt man tapf're Leut!“

Und so ging es in Gottes Namen und im Sturmschritt auf das Ungeheuer los, und als dem Schulzen das Herz bopperte, konnte er sich seiner Angst nicht erwehren:

„Hau hurlehau! Hau! Hauhau!“

Da erschrak der Has und gab spornstreichs Fersengeld querfeldein und lief, was er laufen konnte. Jetzt rief Schulz Allgäuer freudiglich:

„Potz, Veitli, luag, luag, was ischt dahs?
Das Ungeheuer ischt nur an Has!“

„Haschtu gesehn? Haschtu gesehn?“ fragten sich nun die andren untereinander. – „Potz Blitz! Ein Ding, wie ein Kalb!“ rief der Blitzschwab. – Der Nestelschwab tat seinen größten Fluch:

„Mit Verlaub! Daß dich das Mäusle beiß! Ein Tier wie ein Mastochs!“ – „Oho!“ rief der Knöpfleschwab, „ein Helifant ist nur ein‘ Katz gegen das Untier.“ – „Bygoscht“, erwiderte der Allgäuer, „wenn das kein Has gewesen, so weiß ich keinen Dreimännerwein vom Rachenputzer zu unterscheiden!“

„Nu auch!“ vermittelte der Seehas. „Has her, Has hin! Ein Seehas ist halt größer und grimmiger als alle Hasen im heiligen römischen Reich.“ – „Wie der Seewein saurer und herber als alle Weine im heiligen römischen Reich“, spottete hinten der Gelbfüßler, und über diese Anzüglichkeit hätte ihm der Seehas fast ein paar Watschen gegeben, denn er fühlte sich in seinem Nationalgefühl verletzt.

Da nun das Abenteuer mit dem Ungeheuer von den sieben Schwaben so glückhaft bestanden war, wurden sie sich einig, nunmehr von ihren Taten auszuruhen und wieder friedlich heimzuziehen. Zuvor aber tue es not, ein Siegeszeichen zu errichten, das der Mit- und Nachwelt ihren Triumph auf ewige Zeiten vermelde. Da es nun unmöglich war, wie vor Zeiten tapfere Ritter getan, die Drachenhaut in einer Kirche aufzuhängen, derweil kein Drache sein Fell zu Markte getragen und der Has in seinem Balg wohlbehalten entkommen war, so wurden die guten Gesellen dahin eins, ihr Bärenfell und ihren Spieß als eine Trophäe der nächstgelegenen Kirche zu stiften, die hieß man hernach die „Kapelle zum schwäbischen Heiland“. Dort wird wohl der Spieß noch hängen, das Bärenfell aber haben die Motten verzehrt und die Sperlinge haben die Haare in ihre Nester getragen.

Alte Darstellung der „sieben Schwaben“

Die schwäbische Tafelrunde

(Altes Lied, Verfasser unbekannt, aus
August Schnezler: „Badisches Sagenbuch“, 1846)

Neun Schwaben gingen über Land
Zu einer Dornenhecken,
Allda der Jockel stille stand,
Tät Abenteuer schmecken.

Es schlief ein Has‘ gar starr im Gras,
Die Ohren tät er recken,
Die Augen offen, hart wie Glas,
Es war ein rechter Schrecken.

Hätt‘ jeder ein Gewehr, gewiß
Er wollt’s für’n andern trecken;
So hatten’s alle neun nur ein‘ Spieß,
Wer darf den Has‘ mit wecken?

Drum hielten’s einen Kriegesrat,
All neun einig schiere,
Sie wollten tun ein‘ kühne Tat
An dem grausamen Tiere.

All neun an ihrem Schwabenspieß
Steh’n mannlich hint’reinander:
„Du, Jockel, bis der vorderst‘ g’wiß!“
Sprach einer zu dem ander‘.

„Du Ragenohr, geh du voran!“
Der hinterst‘ tat auch sprechen:
„Ich muß da hinten vorne stahn,
Ich schieb, du mußt nur stechen.“

Der vorderst‘ sprach: „Wärst du vorn dran,
Du sprächst nit, mein Geselle:
Du Ragenohr, geh du voran!
Hier ist ein‘ harte Stelle.“

Der Has erwacht ob ihrem Streit,
Ging in den Wald hin schweifen,
Der schwäbisch‘ Bund tät‘ als ein Beut
Des Hasen Panier ergreifen.

Sie wollten auch dem Feind zu Flucht
Ein goldne Brücken schlagen
Und han da lang ein Fluß gesucht
Und kunnten kein‘ erfragen.

Da stand ihn‘n auch ein See im Weg,
Der bracht ihn’n große Sorgen,
Weil in dem Gras, nicht weit vom Steg,
Ein Frosch saß unverborgen;

Der immerdar geschrien hat
Mit der quakenden Stimmen,
Wadwad, wadwad, wadwad, wadwad,
Da ging’s dem Ragenohr schlimme.

Glaubt‘, daß der Spiritus ihm rief:
Wad, wad! Er könnt durchwaten,
Da tät er in dem Wasser tief
Ersaufen, ohn‘ zu baden.

Sein Schaubhut auf dem Wasser schwamm,
Da lobten ihn die andern:
„Seht, bis an’n Hut, der gut‘ Landsmann
durchs Wasser tät er wandern!“

Der Frosch schrie wieder. „Wad, wad, wad!“
Der Jockel sprach: „Uns allen
Der Landsmann ruft auf seinem Pfad.
Wir sollen nit lang kallen.

Wir sollen wahrlich jetzt vielmeh‘
Alsbald ohn‘ Kriegesrate
Wohl alle springen in den See,
Weil wir noch seh’n die Pfade.“ –

So richt‘ ein Frosch neun Schwaben hin,
Die schier besiegt ein’n Hasen:
Drum hassen Schwaben immerhin
Die Frösch‘ und auch die Hasen.

Über die Benennung „Seehasen“

(Nach Eiselein: „Sprichwörter und Reden des teutschen Volkes“, 1838)

Seehase ist ein uralter Name zur Bezeichnung der Anwohner des Bodensees. Schon in der „Notitia dignitatum imperii, ed. Panciroll. Lugd. 1608. Fol. 26 b.“ kommen diese Leute mit einem laufenden Hasen in ihrem Schilde vor, und dieses Tier hat nicht nur ein Sinnbild der Fruchtbarkeit, sondern auch vielmehr, nach dem Glauben des Altertums, einen üblen Anklang (schlimmes Vorzeichen) für die Feinde, wenn ein Hase vor demselben kurz vor dem Angriff über das Feld läuft. – Im 13. Jahrhundert nennt Gottfried von Straßburg in seinem „Tristan“ den trefflichen Sänger Hartmann von Owe (Aue), welcher Dienstmann des Abtes von Reichenau war, zugleich mit dessen Gesellen, doch im edlen Sinne, einen Hasen:

„Wer guote Rede zu Guote unde ouch Rehte kann verstan, der muoß dem Ouwere lan Sin Schapel und sin Lorzwi. Wer nu des Hasen Geselle si, und auf der Worthaide hohsprunge unde mitwaide.“

Überlinger Judenmord um 1350

(Nach Gustav Schwab: „Der Bodensee und das Rheinthal...“

Zu Überlingen fand man die verstümmelte Leiche eines von seinen Eltern vermißten Knaben in einem Bache; die Eltern heulten durch die Stadt und klagten die Juden als Urheber des Frevels an; die Art der Wunden, ihr Aufbrechen und Bluten, als der Leichnam vor den Häusern der Juden vorbeigetragen wurde, schien Beweis genug. Unter dem Vorwande, sie vor der Wut des Pöbels zu retten, lockte man die geängstigten Juden in ein hohes steinernes Haus, hier zündeten die Bürger einen im Erdgeschoß heimlich aufgetürmten Scheiterhaufen an; die Juden flüchteten vor Schreck von Stock zu Stock, einige kletterten sogar auf das Dach. Umsonst, das ganze Haus, in das die Tücke der Christen gegen 300 Juden gelockt hatte, ging mit den Unglücklichen, die voll Verzweiflung Steine, Messer, Schwerter und Balken des brennenden Hauses auf die gaffende Volksmenge herunter schleuderten, in Flammen auf. Einige stürzten sich aus dem Brande zu den Fenstern hinaus; sie wurden vom Volk aufgefangen und vollends niedergemetzelt.

„Fünfe ist grad“

(Birlinger: „Volkstümliches aus Schwaben“)

Als 1803 Überlingen an Baden kam, standen noch der alte Christophsturm und einige andere solcher alten Stadtwächter. Dieser hatte fünf kleine Türmchen, wovon das fünfte auf der westlichen Mauer zwischen zwei anderen in der Mitte angebracht war, so daß es bei Betrachtung des Turmes aus der

Entfernung gar nicht gesehen wurde. Durch den Abbruch des Turmes im Jahre 1813 verschwand das alte Überlinger Denkzeichen: „Fünfe ist grad."

Die gleiche Neckerei soll auch in Eßlingen und anderen Orten bestehen. Hierher gehört auch das Rätsel: „Wo sind fünfe grad?" Antwort: „In Straubing, da hat das Rathaus fünf gerade Türmchen."

Vom Barfüßerturm, der noch heute steht, berichtet die Sage, die Maurer hätten bei seinem Bau (1494?) den Kalk und Mörtel dazu mit Wein angemacht, so man im Dorf ausgeschüttet. Man darf daraus vielleicht entnehmen, daß der Turm nach einem guten Weinjahre entstand und die Baukosten dazu wohl aus dem Erlöse für verkauften Wein gedeckt wurden.

Überlingen, Handzeichnung um 1560

Das Überlinger Münster, Gouache von j. S. Dürr, 1828

Erntefestzug in Überlingen, Aquarell von J. S. Dürr, 1817

Ludwigshafen gegen Bodman, Stich von Louis Bleuler, um 1820

Birnau, Stahlstich von J. Poppel nach K. Corradi, 1850

Der unterirdische Schatz in Überlingen

(Theodor Lachmann in „Alemannia“ XVI.)

Überlingen war ehedem eine freie deutsche Reichsstadt und als solche wohlbewehrt mit Türmen, Mauern und Gräben. Noch jetzt steht mancher alte Turm als grauer Zeuge der früheren Wehrhaftigkeit; da und dort sind auch noch Überreste der Schutzmauern vorhanden. Mitunter trifft man da eingefallene Gewölbe oder auch zugemauerte Tore, welche dereinst in unterirdische Gänge führten, deren es viele gab: denn die einzelnen Festungstürme sollen auf diese Weise mit anderen wichtigen Punkten der Stadt in Verbindung gestanden sein; so ist im Graben am Barfüßertore in der Nähe der Bestlemühle noch eine Maueröffnung, durch die man mittels eines Ganges zur sogenannten Burg, der ehemaligen Residenz des Alemannenherzogs Gunzo, gelangen konnte. Andere heimliche Gänge sollen sich unter der Stadt hinziehen bis an den See hinab und da und dort mit Häusern in Verbindung stehen. So soll im Münster eine geheime Treppe beim heiligen Dreikönigaltar in ein unterirdisches Gewölbe hinab führen. In diesen unterirdischen Gängen sind – so erzählen noch heute alte Leute – seit undenklichen Zeiten ungeheure Schätze aufgehäuft, welche in Kriegsjahren dort versteckt wurden, und zwar in solcher Menge, daß die ganze Stadt, wenn sie dreimal verbrannte, davon dreimal wieder aufgebaut werden könnte. Nur der sogenannte geheime Rat, bestehend aus einigen Mitgliedern des Magistrats, kannte den Ort, wo der Schatz lag.

Der Geist der Gunzoburg

(Theodor Lachmann in „Alemannia“ XVI.)

In der Oberstadt Überlingens, dem sogenannten Dorf, steht ein altes Haus, welches die Burg heißt; denn der Alemannenherzog Gunzo soll hier gewohnt haben. Überlingen war nämlich ursprünglich der Sitz der Herzöge von Alemannien. Über dem Tor des Hauses ist das Bild eines geharnischten Ritters zu sehen mit der Inschrift: „In dieser Burg residierte im Jahre 641 Gunzo, Herzog von Schwaben und Alemannien.“

In früheren Zeiten erschien den Hausbesitzern bisweilen ein großer, über sechs Fuß hoher, schwarzer Ritter mit geschlossenem Visier; er kam plötzlich und verschwand ebenso. Auch manchen Leute, die hinter dem Hause das sogenannte Burggäßchen hinaufgingen, begegnete er, verfolgte sie und warf sie in den Stadtgraben hinab. Als aber unter die Dachtraufe an der unteren Hausecke gegen das Gäßlein ein Kreuz unter Ziegelsteinen begraben worden war, konnte der Geist nicht mehr herauskommen. Im Hause jedoch zeigte er sich noch von Zeit zu Zeit. Vor etwa 15 Jahren (also um 1880) kam er abends in das Zimmer, wo die Frau des Hausherrn bereits zu Bette lag. Die Tür öffnete sich geräuschlos; ein schwarzer, gewaltig großer Ritter mit unkenntlichem Gesicht trat herein, in der Hand ein Kohlengefäß, aus dem Feuerfunken sprühten. Nachdem er im Zimmer umhergegangen, beugte er sich über das Bett der Frau und schüttete das Flammengefäß aus, so daß sich das Feuer über das Bett ergoß, ohne jedoch den geringsten Schaden anzurichten. Die Frau aber gebar bald darauf ein Kind mit schwarzen Brandmälern.

Das Kind im Löwenrachen

(Theodor Lachmann nach einem mündlichen Bericht in „Alemannia“ XVIII.)

Zu Überlingen stand noch vor wenigen Jahren im Turmgäßchen, in der Nähe des Barfüßermünsters, ein altertümliches, baufälliges Haus, über dessen Tor ein aus Sandstein gemeißelter Löwenkopf mit einem Säugling im Rachen zu sehen war. Jetzt ist das Haus umgebaut, der Löwenkopf mit dem Kinde ward weggenommen und befindet sich nun im kulturhistorischen Kabinett der Stadt.

Vor alter Zeit lebte in diesem Hause ein Frau, die ein einziges Kind hatte, das sie zärtlich liebte. Eines Morgens, als sie gerade mit dem Kämmen ihrer Haare beschäftigt war, kam zur offenstehenden Tür ein gewaltiger Löwe herein, ging auf das Kind in der Wiege los, erfaßte es mit seinen Zähnen und trug es eilends fort. Die Mutter, anfangs starr vor Schrecken, da sie das Entsetzliche sah, raffte sich auf, stürzte mit aufgelösten Haaren dem Löwen nach, welcher ob der plötzlichen Erscheinung stutzte, entriß ihm das Kind und trug es unversehrt in ihr Haus zurück. Zum bleibenden Andenken an diese wunderbare Errettung des Kindes ließ die Frau den Löwenkopf über dem Haustor anbringen.

Der Schwerttanz zu Überlingen

(Lachmann in „Alemannia XIV.)

Die Überlinger mußten einst in den Krieg ziehen und stellten dem Kaiser 100 Mann. Vor dem Abmarsch besuchten sämtliche Bürger den Gottesdienst und ließen sich segnen, mit Ausnahme eines einzigen, der nicht in die Kirche ging. Im Kriege zeichnete sich das Überlinger Kontingent aufs rühmlichste aus und sämtliche Überlinger Soldaten kehrten wohlbehalten zurück mit Ausnahme desjenigen, der die Kirche nicht besucht hatte, denn er war in einem Kampfe gefallen.

Der Kaiser aber verlieh hierauf den Überlingern als Lohn für ihre Tapferkeit das Privilegium des Schwerttanzes.

Der Überlinger Schwerttanz wurde stets von der Zunft der Rebleute, den Rebbürgern bzw. Wolfen (daher auch Wolfer genannt) aufgeführt. Wenn die obige Sage von einer Verleihung des Rechtes durch den Kaiser selbst spricht, so klingt das durchaus nicht unglaubwürdig. Ähnliche Verleihungen werden auch aus anderen Orten, z.B. Nürnberg und Augsburg, berichtet. In reichsstädtischen Zeiten wurde dieses Fest regelmäßig jeden Fastnachtsdonnerstag von den ledigen Rebleuten der Neustadt gegeben, die eine Gesellschaft mit gewähltem Vorstand (bestehend aus vier Platzmeistern, einem Fähnrich und einem Säckelmeister) bildeten; später nur alle zehn Jahre oder bei besonderen Veranlassungen, so z. B. nach einem guten Weinjahre. Ursprünglich wurde der Schwerttanz folgendermaßen gehalten:

Nachdem die zwei ältesten Platzmeister beim Magistrat die Bewilligung zur Aufführung eingeholt hatten, lud der jüngste Platzmeister die Mitglieder zu einer Versammlung ein, die nun das weitere beschloß und die etwa erledigten Ämter neu besetzte; zugleich wählten die Platzmeister den sogenannten Hänsele, der am Tanze nicht teilnahm, sondern während desselben im Kostüm eines gewöhnlichen Überlinger Fastnachtshänsele Gaben einsammelte. Endlich wurden noch fünf Spielleute, zwei Trommler und zwei Pfeifer bestimmt.

Die Kostüme bestanden aus langen, blauen Röcken, roten Westen, kurzen Leder- oder schwarzen Samthosen, langen Strümpfen, Schnallenschuhen und dreieckigen schwarzen Filzhüten; außerdem trug jeder Teilnehmer einen Degen und einen großen Strauß aus künstlichen Blumen, die Platzmeister und der Fähnrich zudem noch Schärpen. – Die Fahne, die jetzt im kulturhistorischen Kabinett zu Überlingen aufbewahrt wird, stammt aus dem Jahre 1798/99 und wurde von einem Franziskanerpater geweiht; sie ist gefertigt aus einem dreieckigen karmesinroten Seidentuch, worauf der zweiköpfige Reichsadler mit Krone und Reblaubkranz mit der Jahreszahl 1799 gestickt ist.

Am Morgen des Fastnachtsdonnerstags besuchten vor der Aufführung zuerst sämtliche Teilnehmer – mit Ausnahme des Hänsele, der unterdessen mit knallender Peitsche die Straßen durchzieht – die heilige Messe in der St. Jakobkirche. Dann begann von der Wirtschaft zur Neustadt aus der Umzug unter Trommel- und Pfeifenspiel durch die Stadt. Vor dem Rathaus, dem Pfarrhaus, den Häusern der Magistratsmitglieder und anderer angesehener Leute wurden der Reihe nach Tänze aufgeführt. Dabei schwenkte der Fähnrich die Fahne, zwei Platzmeister gingen in das Haus, um namens der Gesellschaft das „Kompliment abzulegen und sich zu rekommandieren"; zugleich sammelte der Hänsele, der kein Wort sprechen durfte, die Geschenke der Zuschauer und Hauseigentümer ein. Die anderen zwei Platzmeister arrangierten unterdessen auf der Straße den Tanz: nach militärischem Kommando trat die Mannschaft in die Reihe, zog die Degen und salutierte; alsdann stellte sie sich miteinander auf, in der rechten Hand den Degen, während die linke die Degenspitze des Hintermanns faßt, so daß alle gewissermaßen eine Kette bildeten; mit hüpfenden Schritten im Sechsachteltakt werden nun die verschiedensten Linien beschrieben, Kreis- und Schlangenlinien, dann eine Gruppe mit gekreuzten Degen dargestellt, indem einer nach dem anderen unter zwei emporgehaltenen Degen hindurchgegangen und die zwei letzten sich immer wieder der Gruppe anschlossen, bis diese sämtliche Teilnehmer aufgenommen, worauf sie wieder in gleicher Weise aufgelöst werden. Endlich sprang ein jeder der Reihe nach noch über einen in Kniehöhe gehaltenen Degen. Hierzu ward von den Spielleuten Musik gemacht und von den umstehenden Kindern gesungen:

„Hatlaha, Hatlaha, Habermus g'nug,
Gnädige Frau, gnädige Frau, gen mer au Geld!“

Nach dem Waffentanz bildete immer ein munteres Tanzvergnügen auf der Straße den Schluß des Ganzen. Hierauf zog die Schar wieder ab, wie sie gekommen; die Fahne wurde geschwenkt, die Abziehenden grüßten mit den Hüten, die Musik spielte, und weiter ging der Zug, um vor einem anderen Hause das gleiche Schauspiel zu bieten.

Nach alten Nachrichten ist der Schwerttanz in Überlingen schon in der zweiten Hälfte des 16. Jahrhunderts gefeiert worden. Ähnliche Tänze wurden auch in Ulm, Dinkelsbühl, Nördlingen und München abgehalten.

Nellabach

(Waibel / Flamm: „Badisches Sagenbuch“, 1899)

Nicht weit von Überlingen liegt die Nellenburg. Zur Zeit des heiligen Gallus gehörte diese einer Nella. Der Ruf des Heiligen führte sie zu einer Predigt; sie bekehrte sich und ließ sich in einem am Gottesacker bei Überlingen fließenden Bächlein taufen. Das Bächlein erhielt den Namen Nella-Bach, ihre Burg nannte man Nella-Burg und später Nellenburg.

Überlingen, Lithographie von F. Pecht nach K. Corradi, um 1850

Wie die Buchhorner in Überlingen schön Wetter holen

(Bernhard Baader: „Volkssagen“)

Die Überlinger freuten sich lang ob ihres guten Wetters. Die Buchhorner nicht; sie waren sehr böse hierüber, denn sie, so dachte jeder, könnten es gerade so gut brauchen. Einstmals kam einem im Gemeinderat der Mut, und er fing an, es wäre doch auch recht gut, wenn man schönes Wetter hätte. Es wäre ihnen ja so geschickt wie den Überlingern drüben.

Jetzt wurde beschlossen, eine Deputation nach Überlingen zu schicken, um gutes Wetter zu holen. Dort erhielten sie kurzen Bescheid: „Wenn die Breama (Bremsen) flieget, gibt's gut Wetter.“ Nicht faul, fingen sie eine Bream und taten sie in ein Lädlein.

Als sie über den See heimfuhren, stach sie die Neugierde gewaltig, was das schöne Wetter mache. Sie machten das Lädlein ordentlich auf, aber „Pssss“, die Bream flog heraus in Richtung Überlingen!

Wie die Buchhorner das sahen, schrien sie aus Leibeskräften: „Gut Wetter, Buchhorn zu! Buchhorn zu!“

Übrigens dürfen darüber die Konstanzer nicht zu verächtlich über sie lachen; denn die Buchhorner wissen auch über sie etwas: Sie hätten einstmals, als der Bodensee ganz zugefroren war, das Ereignis ins Eis geschrieben, um es der Nachwelt in Erinnerung zu bringen.

(Buchhorn ist das heutige Friedrichshafen)

Der Ochsensprung am Katharinenfelsen

(Theodor Lachmann nach einem mündlichen Bericht in „Alemannia“ XVIII.)

Nicht weit von Überlingen erhebt sich in westlicher Richtung das Molassegebirg fast senkrecht und turmhoch aus dem See und zieht sich landeinwärts als breite Hochebene mit fruchtbaren Feldern und saftigen Wiesengeländen. Die höchste Felswand, an deren Fuß eine der heiligen Katharina geweihte Kapelle stand, heißt der St. Katharinenfelsen.

Auf einem Acker der genannten Hochebene, gerade über dem Katharinenfelsen, pflügte einst ein Landmann mit einem Paar Ochsen, die von seinem Töchterchen geführt wurden. Der Tag war heiß, die Tiere unruhig, von Hitze und Mücken geplagt. Da fiel plötzlich ein Schwarm Bremsen die Ochsen derart an, daß sie scheu wurden und mit dem Pfluge davonrannten, das Mädchen mit sich schleppend, das den Strang nicht losgelassen. Vergeblich suchte der Bauer, die Tiere zurückzuhalten, er holte sie nicht mehr ein, sie waren schon am Abhang angekommen; mit Schaudern sah er, wie das rasende Gespann mit seinem Kind über die turmhohe Felswand in den See hinabstürzte. Als er händeringend in die schauerliche Tiefe hinabschaute, da leuchtete ihm ein Hoffnungsstrahl, denn die Ochsen schwammen samt dem Pflug auf dem See dahin, mit ihnen das Mädchen, das am Seile mitgeführt wurde. Nun tat der Vater im stillen ein Gelübde: Wenn sein Kind gerettet würde, so werde er am jenseitigen Ufer der heiligen Katharina eine Kapelle bauen. Getrösteten Herzens verfolgte er das seltsame Schauspiel, wie die Stiere mit dem Pfluge und dem Kinde auf dem Wasser dahin schwammen, weiter und immer weiter; sie durchquerten die ganze Seebreite und gelangten glücklich am jenseitigen waldigen Ufer an. Bald darauf hatte der glückliche Vater sein Kind und seine ganze Habe unversehrt wieder und ließ nun zur Erinnerung an die wundersame Errettung die St. Katharinenkapelle am jenseitigen Ufer, gegenüber dem St. Katharinenfelsen des diesseitigen Ufers, errichten. Später baute das Kloster Reichenau in der Nähe eine Probstei mit hübschem Garten, wo der Abt sich im Sommer gerne aufhielt.

Längst ist diese Probstei samt der St. Katharinenkapelle zerfallen und abgebrochen und der Klostergarten ist wieder zu Wald geworden. Auch die alte St. Katharinenkapelle am diesseitigen Ufer fiel dem neuen Straßenbau zum Opfer und ist nun durch eine in den Sandsteinfelsen gehauene Nische mit der Statue der heiligen Katharina und einer Betbank ersetzt.

Eine Abbildung des erzählten Vorkommnisses befindet sich noch heute im Hause des Landwirtes Kramer zu Wallhausen.

Das Grab des Hunnenkönigs

(Theodor Lachmann nach einem mündlichen Bericht in „Alemannia“ XVII.)

In dem Überlinger Walde Sigmundshau, in der Nähe des alten Hofgutes Höllwangen, steht ein kegelförmiger Berg mit einem Erdwall umgeben. Es ist dies ein sogenannter Ringwall oder eine Völkerburg und heißt jetzt noch beim Volke nur die „Burg“. Wenn man auf dem Gipfel des Berges wandelt, tönt es unter den Füßen, als ob der ganze Berg hohl wäre. In diesem Berge ist das Grab des Hunnenkönigs. Der Leichnam ruht in einem Diamantsarge, der von einem goldenen Sarg umgeben ist; der goldene Sarg aber befindet sich in einem silbernen Sarg, der silberne in einem kupfernen, dieser in einem zinnernen; dann folgt ein eisener und zuletzt ein eichener. So ist in sieben Särgen die Königsleiche verwahrt. Niemand aber kann die rechte Stelle finden, obwohl schon da und dort nachgegraben wurde. Denn diejenigen, welche das Grab gemacht, mußten mit verbundenen Augen arbeiten, damit die Stätte nicht verraten werden konnte. – Auch bei Winterlingen geht diese Sage.

Der Wilderer am Heidenlocher Weiher

(Theodor Lachmann nach einem mündlichen Bericht in „Alemannia“ XVII.)

Eine Stunde von Überlingen liegt der Heidenlocher Weiher in einem eng geschlossenen Waldtal, an dessen Südostseite der Molassasandstein als hohe, mit Gestrüpp und Tannen bedeckte Felswand sich erhebt, während auf der Seite der mäßig ansteigende Forst sich hinzieht. Der Weiher wird mit dem anstoßenden Sumpf vom sogenannten Hennenbach bewässert. In oben genannter Felswand sind zwei Löcher bemerkbar, welche die Eingänge zu zwei viereckigen kammergroßen Höhlen bilden, dem großen und dem kleinen Heidenloch, woher der Weiher seinen Namen hat. Über Ursprung und Zweck der Höhlen ist nichts bekannt.

Einst hauste hier ein berüchtigter Mörder; er stellte im Walde dem Wilde nach, fing am Weiher Fische und war überall gefürchtet. So trieb er lange sein Unwesen, bis er erschossen ward. Nach seinem Tode mußte er umgehen. Man sieht bisweilen einen nackten Mann aus dem Wasser auftauchen oder im Walde jagen. Sobald man ihn aber erblickt hat, verschwindet er. Seitdem die neue Landstraße, die am Ufer des Weihers vorüber führt, erstellt worden, hat man jedoch von der Erscheinung nichts mehr gehört.

Hildegard von Hohenfels

(Theodor Lachmann nach mündlichen Berichten in „Alemannia“ XVI.)

Hinter dem am See gelegenen Orte Sipplingen erhebt sich ein hoher Berg, dessen Gipfel in der Vorzeit eine stolze Burg gekrönt. Hier war der Sitz des berühmten Rittergeschlechts von Hohenfels. Längst ist die Burg zerstört und ihre Trümmer blicken traurig von der Höhe herab; das einst weithin herrschende Rittergeschlecht ist seit Jahrhunderten ausgestorben.

Der letzte Sprößling desselben war Fräulein Hildegard, die einen mißgestalteten Kopf mit einem Schweinsrüssel hatte und deshalb aus einem goldenen Tröglein aß. Was aber die Natur ihr an körperlichen Vorzügen versagt hatte, gab sie ihr um so reichlicher an Edelsinn und Tugend. Das Burgfräulein Hildegard war die Wohltäterin der ganzen Gegend und unterstützte namentlich die unten am See wohnenden Ansiedler auf jede Weise, gab ihnen täglich ihr Süpple, woher auch der Name Sipplingen stammt; denn es hieß ursprünglich Süpplingen, wie es noch in Stumpfs Chronik von 1586 geschrieben ist. So tat Hildegard den Sipplingern nicht bloß während ihres ganzen Lebens alles Gute, sondern vermachte ihnen auch noch durch letzte Verfügungen den größten Teil ihrer Besitzungen als Gemeindeeigentum; ja es erhielten sogar die benachbarten Überlinger von ihrem Reichtum ein schönes Stück. Das ging folgendermaßen zu:

Noch zu Lebzeiten Hildegards hatten die Überlinger mit den Sipplingern vereinbart, daß sie gemeinsam nach Hohenfels gehen und Fräulein Hildegard bitten wollten, beiden Orten etwas zu verschreiben. Als nun die Stunde gekommen war, warteten die Sipplinger vergebens auf die Überlinger; denn diese waren bereits auf der oberen Straße über Nesselwangen und Bondorf nach Hohenfels gegangen und so den Sipplingern zuvorgekommen; sie hatten deshalb auch bereits die zwei herrlichsten

Wälder von Hildegard erhalten, nämlich die Gewanne Eisenholz und Schnorrenberg. Als die Sipplinger nun eingetroffen, schenkte ihnen das Burgfräulein sämtliche Hohenfels'sche Güter um Sipplingen und Hohenfels. Die Verschreibung erfolgte im Jahre 1540.

Noch jetzt halten die Sipplinger das Andenken Hildegards in hohen Ehren. Alljährlich wird in der Kirche am 14. August ihr Gedächtnis durch die heilige Messe gefeiert. Bei der Austeilung des Gabholzes Ende Dezember oder Anfang Januar wird ihr ebenfalls öffentlich gedacht, indem der Bürgermeister von Sipplingen im Rathaussaale die versammelten Bürger jeweils auffordert: „Lasset uns noch unserer Wohltäterin, der Gräfin Hildegard von Hohenfels, im Gebet gedenken!" Darauf werden fünf Vaterunser von allen Anwesenden laut gebetet.

Hohenfels war ehemals Wohnsitz des Minnesängers Burkhard von Hohenfels; ein Gartenland in der Nähe nennt man noch heute „Hildegardsgärtle".

Der schwarze Pudel im Walde Haslen

(Theodor Lachmann nach einem mündlichen Bericht in „Alemannia" XVI.)

Im Walde Haslen bei Hödingen, in welchem eine Reihe Alemannengräber sich befindet, geht ein Geist um, der in Gestalt eines schwarzen Pudels erscheint und die Leute irreführt. Wer abends den Wald betritt, kommt die ganze Nacht nicht mehr aus ihm heraus, denn er folgt immer dem Pudel, der vor ihm hin und her springt. Erst wenn der Tag anbricht, findet der Wanderer den Weg aus dem Walde heraus. Viele meiden deshalb zur Nachtzeit diesen Weg und gehen lieber die längere Landstraße.

Der Schatz in der Burghalde

(M. Busch: „Deutscher Volksglaube“ und Theodor Lachmann)

In der Nähe von Sipplingen liegt auf schroffen Felskegel die Ruine Haldenburg, vom Volke die Burghalde genannt. Niemand weiß, wer die Burg dereinst erbaut; auch sonst ist von ihr und deren Besitzer wenig bekannt. Soviel aber erzählen die Leute, daß von dieser Burg nach dem benachbarten Hohenfels ein unterirdischer Gang führe und daß sich diese zwei Burgen sowohl unter sich, als auch den am jenseitigen Ufer gelegenen Burgen Kargegg und Bodman durch Sprachrohre Zeichen gegeben und Hilfe verlangt haben. Daß die Ritterburg auf der Burghalde einst ein mächtiger, stattlicher Bau gewesen, deuten schon die gewaltigen Gewölbe, Gänge und Verliese an, die sich unter den Ruinen befinden. Jeder Schritt und Tritt, der auf dem Berge gemacht wird, tönt dumpf und hohl; wenn man ein Steinchen durch eine Kelleröffnung in die Tiefe fallen läßt, dann hat man lange zu warten, bis man es aufschlagen hört. In diesen ausgedehnten unterirdischen Gewölben, die mit einer eisernen Türe verschlossen sind, ist ein reicher Schatz verborgen, den zu heben sich jedoch niemand getraut; denn er wird von Basilisken bewacht, und wer ein solches Tier sieht, ist sofort des Todes.

Der Glaube an den fabelhaften Basilisken stammt nicht aus der germanischen Mythologie, sondern ist aus dem Morgenlande zu uns gekommen. – In der Schweiz wird ein Basilisk genannt, der das Wappentier des Kantons Basel ist. Nach dem dort verbreiteten Volksglauben ist der Basilisk der Nachkomme von einem Hahn und einer Schlange. Bernaleken berichtet von einem Urteil des Basler Rates aus dem Jahre 1417. Danach wurde ein Hahn als Hexenmeister zum Feuertod verurteilt, weil er ein Ei gelegt hatte. Letzteres wurde ebenfalls ins Feuer geworfen. – In Tirol glaubt man, der Basilisk entstehe aus dem Ei, das ein vollkommen schwarzer Hahn, nachdem er sieben Jahre alt geworden, zu legen pflegt. Dieses Tier wird sehr alt, ist ein Gemisch aus Kröte und Schlange mit einem Hahnenkopfe und tötet durch seinen giftigen Blick. Deshalb lassen Tiroler Bäuerinnen in der Regel ihre Hähne nicht über sieben Jahre alt werden. – In Appenzell sagt man vom Basilisken, wenn er einen anblicken kann, bevor man ihn sehen kann, so muß man sterben. Hält man aber dem Untier einen Spiegel vor, so daß er sich selbst zu sehen bekommt, so muß er sterben.

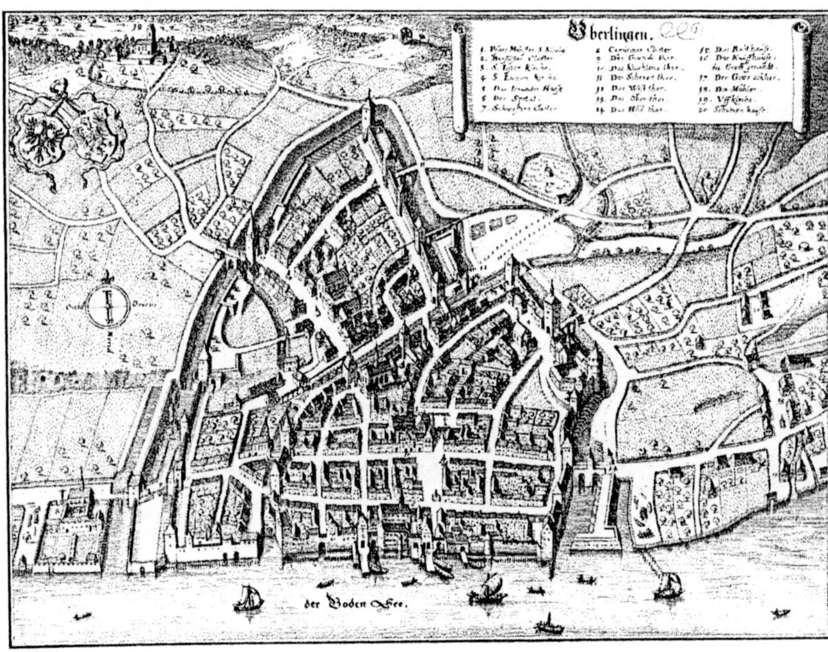

Stadtplan von Überlingen, Kupferstich von M. Merian, 1643

Das goldene Kegelspiel im Abtsberg

(Theodor Lachmann nach mündlichem Bericht in „Alemannia“ XVI.)

Zwischen Sissenmühlen und Sipplingen zieht sich längs der Straße ein steiler, ziemlich hoher Bergrücken hin, welcher Abtsberg heißt. Eine Felsspalte dieses Berges soll in eine Höhle führen, in der sich ein goldenes Kegelspiel befindet, das durch ein großes eisernes Gitter verwahrt ist. Schon mehrmals wurde versucht, das Kegelspiel zu holen; aber es ist noch niemandem gelungen. Nachts aber hört man manchmal, wie im Berg Kegel gespielt wird; das Rollen der Kugel und das Fallen der Kegel wird mitunter ganz deutlich wahrgenommen.

Burgruine Hohenfels nach einer Zeichnung aus dem 19. Jahrh.

Der Sipplinger Wein

(Zimmersche Chronik)

Der Sipplinger Wein war in früheren Jahren von so schlechter, heimtückischer Art, daß er deshalb überall in Verruf kam. Obwohl er heute anderen Weinen seiner Heimat nicht mehr nachsteht, ist doch noch manches von den alten Verleumdungen hängen geblieben. So soll in seiner Gegend der Nachtwächter noch bis heutigen Tags jede Nachtstunde genau und ganz besonders pünktlich ausrufen müssen, damit die Bewohner, die etwa ein ziemliches Quantum Sipplinger getrunken hätten, ja nicht vergessen möchten, im Bette sich umzudrehen, damit der Wein die Magenwand nicht durchbrenne.

In ganz frühen Zeiten muß der Sipplinger übrigens oft vortrefflich gewesen sein, so daß die Bürger gar nicht genug bekommen konnten. Der Chronist berichtet:

„Es war sonderlichen der Stoll zu Süplingen selbiges Jahr (1544) wohl geraten; der war allen Gästen so anmutig und angenehm, daß mäniglich nur derselben trinken wollt vor allem Reinfall, Malvasier oder anderm starken welschen Wein; und fürwahr er hätte sich einem fürbindigen, rheinischen, ringkawischen neuen Wein vergleichen mögen. Seither ist der Stollengarten in großen Abgang gekommen, weil die Rebleut anfingen, nit nach der Güte, sondern nach der Viele zu bauen."

Der Stättelberger von Sernatingen

(Theodor Lachmann nach einem mündlichen Bericht in „Alemannia“ XVIII.)

Am Westende des Überlinger Sees liegt das große Pfarrdorf Sernatingen, das einst zum Gebiet der freien Reichsstadt Überlingen gehörte; ein Amt des Spitals Überlingen befand sich hier, die Einwohner waren Untertanen von Überlingen. Im Jahre 1802 fiel mit Überlingen auch Sernatingen an das Haus Baden, und 1826 ließ Großherzog Ludwig von Baden hier einen Freihafen errichten, machte dadurch den Ort zu einem Hauptstapelplatz des Sees und nannte ihn Ludwigshafen.

Noch jetzt (vor 1900) ist mehr als ein Drittel der Gemarkung von Ludwigshafen Eigentum des Überlinger Spitals, und wird von diesem verpachtet. Im Orte selbst befindet sich ein Anwesen, das sogenannte Schlößle, ein ansehnliches Haus mit angebauten Ökonomiegebäuden, das früher von einem Weiher umgeben war, über den eine Fallbrücke führte. Dieses Schlößle war ein Filialspital von Überlingen, wo die Sernatinger alten Kranken und Waisen Aufnahme und Verpflegung erhielten. Hier wohnte auch ein Waldhüter, namens Zyriak Kessinger, der die auf Sernatinger Gemarkung gelegenen Forsten des Spitals zu beaufsichtigen hatte.

Einst wurden die Überlinger und die von Sernatingen uneinig über den Besitz des Sernatinger Walddistrikts Stättelberg, den beide Teile als ihr Eigentum beanspruchten. Eine Eidesleistung auf dem streitigen Grund und Boden sollte die Sache entscheiden. Nun ging Kessinger auf wirkliches Spitalgut, nahm Erde vom Boden und schüttete sie in den Stiefel, bis die inneren Sohlen völlig damit bedeckt waren; zugleich verbarg er einen Eßlöffel, mit dem er täglich die Suppe schöpfte, in seinem Hut. So vorbereitet erschien er auf dem streitigen Walddistrikt und leistete mit erhobener Hand folgenden Eid: „So wahr der

Schöpfer über mir, stehe ich auf spitälischem Grund und Boden.“ Infolge dieses Schwures verlor Sernatingen den Wald. Den Frevler aber traf die Strafe des Himmels; denn bald darauf fiel der meineidige Waldhüter, vom Volke Stättelberger genannt, auf dem Gang zur Kirche auf der oberen Stiege plötzlich tot um und mußte nun als Geist umgehen. Hierin erkannte das Volk, daß der Schwur ein Meineid gewesen, und für die Seele des Unglücklichen wird alljährlich eine heilige Messe gelesen.

Manchmal wurde nun der Stättelberger im Walde gesehen im grünen Rock mit einer Axt unter dem Arm. Besonders im Advent und in der Fastenzeit war er den Leuten aufsässig, die nachts zwischen dem Abend- und Morgengebetsläuten den Weg vom Gewann Männertal bis zum Schlößle passierten. Wenn solch ein einsamer Wanderer fluchte, husch, saß der Stättelberger auf dessen Rücken und wich erst in der Nähe des Schlößles oder wenn das Gebetläuten anhub. Auch im Schlößle trieb der Stättelberger, der bekanntlich dort gewohnt, sein Unwesen und rumorte oft gewaltig. Namentlich aber machte er, wenn je einmal die Lesung der für seine Erlösung gestifteten heiligen Messe unterblieben, einen solchen Spektakel im Haus, daß die Bewohner die ganze Nacht keine Ruhe hatten.

Auf einer Richtstätte wächst nicht Laub noch Gras

(Zimmersche Chronik)

Als der Bauernaufstand niedergeschlagen war, haben die von Überlingen etliche angesehene Männer von Sernatingen (Ludwigshafen) und anderen Orten ihres Gerichtsbanns gefangen genommen und ohne alle Barmherzigkeit oder genügende Untersuchung und Erkundung auf dem Bühl (Prüel) zu Sernatingen enthauptet, weil die Unglücklichen sich gezwungenermaßen den aufständischen Bauern angeschlossen hatten und auch im Verdacht standen, der neuen Religion zuzuneigen.

Man sagt, es sei den Hingerichteten Unrecht geschehen. Dessen zum Beweis wächst auf dem genannten Platz, den Prüel, allwo sie hingerichtet worden, bis auf den heutigen Tag weder Laub noch Gras, obwohl es doch zuvor eine treffliche, gute Wiese gewesen war.

Zu manchen Zeiten ist es daselbst nicht geheuer.

Es sollen der Hingerichteten etwa zwanzig gewesen sein. Die von Überlingen haben dieser Tat wegen bei ihren Untertanen und überall sonst großen Unwillen erregt und nicht viel Lob für ihre Tat geerntet.

Von den Welinen und dem Bodensee

(Birlinger: „Aus Schwaben“)

„Es haben die Alten für eine gewisse Anzeigung gehalten, daß gemeinlich, nachdem sich diese Fische, so die allergrößten und fürnehmbsten im Bodensee, wo sie Waid und Wonung in aller Tiefe haben, sehen lassen und gefangen werden, etwas Großes und Wichtiges vom Bodensee sich zutrage und verlaufe.“ (Mangold: „Fischbüchlein vom Bodensee“, 17. Jahrhundert)

Vom Bodensee gar erzählt der Magister Johann Jakob Martini in seiner Topographie und Geographie, Erfurt 1737, daß dessen Wasser die Art hat, die hineingeworfenen Fischernetze, wenn sie dem Grund zu nahe kommen, zu versengen.

Der Spuk im Gewann Hangen bei Ludwigshafen

(Theodor Lachmann nach einem mündlichen Bericht in „Alemannia“ XVIII.)

Zwischen Ludwigshafen und Bodman dehnt sich vom Seeufer bis gegen das Dorf Espasingen ein sumpfiger Landstrich aus, der den Gewannamen „Hangen“ führt und von der Stockacher Aach, die hier in den See mündet, durchflossen wird. Über diesen Bach führt eine Brücke, die sogenannte Hutbrücke. Der Name Hangen soll daher rühren, daß ehedem bei der Brücke der Galgen gestanden. Deshalb ist es auch in diesem Gelände nicht geheuer; allerlei Spuk wird da getrieben.

Eines Abends wollte einmal ein Knabe aus Ludwigshafen auf einem der Nußbäume, die hier am Ufer standen, Nüsse holen. Während er auf dem Baume saß, kam über das Feld her eine weiße Gestalt, in weißem Gewande und mit weißem Strohhut, ging dreimal um den Baum herum und dann wieder zurück auf das Feld. Dem Knaben ward es unheimlich, er ließ die Nüsse im Stich, ging rasch vom Baum herunter und eilte heim.

Ein andermal wollte nachts bei Mondschein ein Jäger in einem Entenstand, den er hier am Strande errichtet, Enten schießen. Aber es kam ein Fuchs über das Feld daher, ging immer am Ufer hin und her und ließ die Enten nicht näher kommen. Da schoß der Jäger auf den Fuchs, der alsdann plötzlich verschwunden war. Am folgenden Tag erfuhr der Jäger, daß man im benachbarten Bodman einer alten Frau, die allgemein als Hexe galt, Schrotkörner aus dem Leib hatte schneiden müssen.

Der Geist bei Espasingen

(Zimmersche Chronik)

Auf eine Zeit ist dem Abt Hans von Petershausen eine wunderbarliche und der Erinnerung wohl würdige Handlung begegnet; denn als er in bemeldetem Kloster, das in großem Abhang, auch in merklichen Schulden war, zum Administrator geordnet war, hat er daselbig also regiert, daß er die meisten Schulden bezahlt und viel bauen konnte. Im Anfang seiner Verwaltung aber hat er alle Kosten vermieden; so er etwas auf dem Lande zu schaffen, hat er das gewöhnlich selbst getan und ist allein geritten. Einstmals ist er zur Herbstzeit zu Petershausen allein ganz früh aufgewesen, um in das Hegau seinen Geschäften nachzureiten. Als er nun bei Nacht durch die Wälder gekommen und bei dem Dorf Espasingen über einen Weiherwur (Moor) reiten wollte, sieht er, als eben der Tag anbrach, wie ihm dünkte, einen Menschen neben sich gehen, konnte ihn aber doch wegen des Nebels nicht recht sehen. Der Abt war so sehr in seine Gedanken vertieft, die Schulden bezahlen, auch die verlassenen und abgetragenen Gebäude wieder ausbessern zu wollen, daß er dessen, so neben ihm ging, nicht achtete. Als sie beide schier bis zur Mitte des Moores kamen, da der Weiher am tiefsten war, da ergriff der, der neben ihm ging, den Zaum des Rosses und führte es mit Gewalt bis zum äußersten Rand gegen den Weiher. Der Abt merkte immer noch nichts; aber als der Geist das Roß, welches stutzte, ins Wasser stürzen wollte, gab der Allmächtige dem Abte die Gnade, daß er den Trug wahrnahm. Weshalb er überlaut schrie: „Hilf, Herr Gott! Hilf, heiliger Gebhard!“ Und konnte er anfangs nur das Roß so weit herumbringen, daß er mit ihm nicht tiefer ins Wasser geriet. Der böse Geist war verschwunden; aber Abt Hans ist desselbigs Tags wohl ermuntert gewesen, ihm war die Lust zum Phantasieren vergangen.

Hohenfels

(Nach Schönhuth: „Ritterburgen des Hegaus", Konstanz, 1835)

Gegenüber von Altbodman, am jenseitigen Ufer des Überlinger Sees, ragt ein hoher Fels, abgesondert von der übrigen Bergkette, und auf ihm stehen die Ruinen der alten Burg Hohenfels. Ihr Name hat sich im Volke nur noch in dem sogenannten Hohenfelser Hof erhalten, der am Fuße des Berges liegt. Dort erzählen die Leute von einer besonders wohltätigen Frau von Hohenfels, die einst auf der Burg wohnte. Sie soll sich durch reiche Stiftungen an die Kirchen der Umgegend und durch unzählige Almosengaben verewigt haben. Das Volk nennt sie daher nur „die gute Frau Hildegard". Ein Platz nahe der Burg Hohenfels heißt jetzt noch „Hildegardens Gärtle". – Die Burg ging früh auf andere Besitzer über.

Rekonstruktion der Burg Hohenfels

Bodman und Umgebung

Bodman mit Burgruine und Frauenberg,
Stahlstich von J. Riegel nach K. Corradi, 1850

Der kupferne Kessel zu Bodman

(Gustav Schwab: „Der Bodensee nebst dem Rheinthale...“

Im Kessel zu Bodman, da steh ich zur Stund‘,
Soll leeren den Becher bis auf den Grund,
Den Becher, gefüllet mit Königswein,
Herr Karl ihn pflanzt auf dem Felsengestein.

Und was gezogen der mächtige Frank‘,
Ein freier Schwabe jetzt erntet’s mit Dank,
Er sperrt’s in den Keller nicht feindlich ein,
Er ruft den Fremdling zum Trunk herein.

Und wie in den Becher mein Auge schaut,
Das Dunkel der alten Geschichten ihm graut,
Und wie der Wein an der Lippe mir schwillt,
Die Sage hervor schon, die sprudelnde, quillt.

Sie saßen zu Bodman beim fröhlichen Mahl,
Der Vater, die Mutter, die Kinder im Saal,
Die Söhne, die Töchter, wie Rosen und Schnee,
Das edelste, schönste Geschlecht am See.

Viel Gäste, beglänzet vom Sonnenschein,
Sie tranken und sangen beim Königswein,
So wie ich heut trinke und singe mein Lied;
Der Abend von festlicher Lust sie nicht schied.

Die Nacht kam heran mit Wetter und Wind,
Des stürmischen Sees verstohlenes Kind,
Die Wolken, sie sammeln sich über dem Haus,
Doch gehen die Lampen im Schlosse nicht aus.

Die Gäste, sie tanzen Tür aus und Tür ein,
Die Wolken auch führen die nächtlichen Reih'n,
Es sprühen die Fackeln im Gang und im Saal,
Die Blitze, sie spähen mit gierigem Strahl.

Und in der Schalmeien und Flöten Gesang
Spielt heimlich des Donners begleitender Klang,
Noch rauschet im Saale das Spiel und der Witz,
Da schlägt durch die Decke der zackige Blitz.

Und Flammen umwölken den mächtigen Saal,
Ersticken die Gäste, verzehren das Mahl;
O Wasser und Himmel, wie glänzt ihr so hell,
O herrlich Geschlecht, wie vergehst du so schnell!

Der Vater, die Mutter, tot liegen sie schon;
Ach dringt zu der Türe kein blühender Sohn?
Die zuckende Flamme läßt keinen hinaus,
Es fällt auf die Leichen das wankende Haus.

Da dringt durch Flammen und Feuers Schwall
Die Amme, die treue, heraus auf den Wall,
Sie trägt auf den Armen ein wimmerndes Kind,
Sie hat es enthoben der Wiege geschwind.

Sie stößt einen Kessel durch Glut und Flamm',
Im Schloß ist verlodert der edle Stamm,
Da schließt sie besonnen ins eherne Haus
Das Zweiglein, das letzte, und schleudert's hinaus.

Es rollet der Kessel den Berg hinab;
O Kind, ist's dein Wieglein, ist's nicht dein Grab?
Die Dienerin folgt nur mit Mutterblick
Und sinkt in die Flammen des Hauses zurück. –

In Trümmern die Burg lag ein manches Jahr,
Bis daß das Knäblein erwachsen war;
Da baute stolz unter Schutt und Graus
Der letzte Bodman sein steinernes Haus.

Der letzte Bodman der erste ward,
Er zeugte Söhne von edler Art,
Und liebliche Töchter und Enkel so hold,
Die Flamm‘ hat im Kessel geläutert das Gold.

Und Vater und Mutter beim fröhlichen Mahl,
Und Kinder noch heut in dem festlichen Saal,
Sie sitzen, sie trinken vom Königswein,
Sie schenken dem Wand’rer ihn freundlich ein.

Im Kessel, aus welchem erblühte das Haus,
Im Kessel soll er ihn trinken aus,
Er soll den versunkenen Ahnen mit Fug,
Soll der Amme gedenken bei jedem Zug. –

Mein Lied ist gesungen, wie wird mir zumut?
Ich träume von Flammen, ich spüre die Glut,
Es drehet der Kessel, der eherne, sich,
Wald, Himmel und Wasser umtaumeln mich.

Doch heißet im Kopf mich der Königswein
Getrost bei dem Wunder, dem seltsamen, sein;
Er rettet mich glücklich durch jede Gefahr,
Der Kessel steht stille, mein Auge wird klar;

Es schauet die Burg und den See und das Land,
Gott hüte das Haus und Geschlecht vor Brand!
Und will er Flammen ja senden hinein,
So seien es Ströme von Königswein!

Entstehung der Burg Bodman

(August Schnezler nach Schönhut: „Die Burgen des Hegaus“)

An der Stelle, wo jetzt die Trümmer der Burg Bodman liegen, stand früher eine Feste, welche einem der uralten Grafen von Bodman gehörte, und zwar in der Nähe einer kaiserlichen Pfalz, Palatium Podamin.

Über die Erbauung dieser Burg Bodman erzählt uns der unterhaltende Chronist Thomas Lirer von Rankwil folgendes:

„Nun ober vier jar darnach do was sein sun“ (nämlich der Sohn eines Grafen von Bregenz) „hieß Hugo, in seinem kastel Lindaw. Das lag dazumal nit im see. Do het ainer vom Emß (Hohenems) ein tochter, hieß Eva. Die was gar schön, der nam die und sie wurd von ym schwanger. Do was ein man in der stat gesessen, hieß Schönstain. Der gab denen von lindaw den rat, das sie mit ihrem herren Hugo retten (reden) das er eweuil (etwelches) Geltz von jn (ihnen) näme und sie frei sagte, so wölten sie ym helfen, das er ein festen und wonung bauwte und sein lieb Frauwen darauff satzte, das sie sicher wäre, das sein‘ Freund (Hugos Verwandte nämlich) ir nit leid täten. Das trieben sie so lange, das er mit yn ains ward umb 42 marck, halb gold und halb silber. Damit bauwt er ain vest hieß Bodman. Do sein vater starb do nam er sie (Eva) zu der ee vnd het mit ir drei sün. Yn woltent die herren von Rotenfan nit erb lassen sein. Er was gar ainfeltig. Und der von Rotenfan uberkam mir ym das erb und gab ym Megkingen, seins Bruders aus der säligen Reichenav fluchthauß. Und gab dem Abt darumb XXI marck silbers vnd nam Bregentz ein mit allem land und zugehör. Sein sün hieß man die von Bodman.“

Oben: Burgruine Bodman, unten: Schloß Bodman,
nach Zeichnungen von Eduard Schuster, 1908

Karl der Dicke zu Bodman

(Nach Josef Bader: „Badische Landesgeschichte")

Auf dem Schlosse Bodman lebte auch Kaiser Karl der Dicke, nachdem er im Jahre 881 sehr kränklich aus Italien nach Teutschland zurückgekehrt war. Seine Krankheit bestand in einem anhaltenden Kopfschmerz, dem man durch eine Operation abzuhelfen suchte; aber der unglückliche Monarch verlor darüber seine letzte Geisteskraft. In diesem Zustande unternahm er einen Zug gegen die einbrechenden Normannen, dessen Mißlingen ihn bei der Nation so verächtlich machte, daß man zu einer neuen Königswahl schritt. Kaum noch erlangte Karl, er, der Erbe aller Macht seines großen Ahnen, von den Fürsten einige Höfe in Schwaben, worunter Neidingen, zu seinem Lebensunterhalt; so wandelbar ist alle irdische Größe, wenn sie nicht auf dem Geiste beruht! Die Mönche haben an diesem königlichen Märtyrer gerühmt, daß er sie besonders geachtet, fleißig ihre Gebete verrichtet und ihre Psalmen gesungen; daß er reichliches Almosen gespendet und stets auf die Gnade des Herrn gebaut habe; auch waren sie seine einzigen Freunde im Unglück. Als er gestorben, brachte man seine Leiche nach Reichenau, wo er im Münster, neben dem Altar der heiligen Maria, feierlich beigesetzt wurde.

Die überraschende Hochzeit zu Bodman

(August Schnezler nach Schönhut: „Ritterburgen des Hegaus“)

Nachdem Simon von Bodman – von dem der gelehrte Benediktiner Buzelin in seinen genealogischen Forschungen viel zu erzählen weiß als einem lieben Klosterbruder – verschiedene Länder und Fürstenhöfe bereist und besucht hatte und zu hohen Ehren gekommen war, fiel es ihm auf einmal ein, der Welt zu entsagen. Unter dem Vorwand, er wolle mit einem Fräulein aus einer der edelsten Familien Hochzeit halten, lud er eines Tages seine Freunde und Verwandten auf Schloß Bodman. Aber wie groß war ihr Erstaunen, als Simon in priesterlichem Ornate vor die Versammlung trat und aufs feierlichste in der Burgkapelle seine Primiz hielt. Beim prächtigen Mahle, das er anstellte, offenbarte er den Gästen seinen festen Entschluß, von der Welt auf immer Abschied zu nehmen, und sagte ihnen Lebewohl, welches mit vielen Tränen erwidert wurde.

Sogleich am anderen Tage verließ Simon seiner Väter Burg und begab sich in Begleitung von wenigen in das Reichskloster Weingarten, wo er schon vorher sich insgeheim hatte einschreiben lassen. Dort tat er als Novize die niedrigsten Dienste und zeichnete sich bis an sein Lebensende durch die tiefste Demut und höchste Andacht aus. Im St. Johanniskloster zu Feldkirch, wohin er aus Weingarten gekommen war, liegt er in der St. Laurentiuskapelle begraben. Sein Tod fällt in die erste Hälfte des 17. Jahrhunderts.

Die Sage von der treuen Maid von Bodman und dem Ritter Hug von Langenstein

(Waibel / Flamm: „Badisches Sagenbuch“, Freiburg, 1899)

Die Herren von Bodman, so berichtet uns die Sage, hatten einst am Bodensee viele Besitztümer, unter denen eines der schönsten die Mainau war. Ein Fräulein von Bodman, die einem jungen Ritter, Hug von Langenstein, in treuer Liebe zugetan war, gelangt zu jener Zeit durch den Tod ihrer Eltern in den alleinigen Besitz aller dieser Güter.

Schon war die Zeit nahe, die sie sich mit ihrem Verlobten verbinden sollte, als plötzlich der Vater desselben von seinem Lehensherrn, dem Abte von Reichenau, zu einem Kreuzzuge nach dem heiligen Land aufgefordert wurde. Da er aber wegen seiner Gebrechlichkeit diesem Rufe keine Folge leisten konnte, so trat sein Sohn für ihn in das Heer der christlichen Kämpfer.

In einem Gefecht mit den Sarazenen wurde er verwundet, gefangen und tief ins Land der Araber verschleppt. Jahrelang hatte er schon alle Leiden einer harten Sklaverei ertragen und fast alle Hoffnung auf Befreiung aufgegeben, als ihm einstmals im Traum der Gedanke kam, sich und seine Geliebte Gott aufzuopfern. Sogleich tat er bei sich selbst das Gelübde, in einen der drei geistlichen Orden (Johanniter oder Malteser, gestiftet 1104, die Tempelherren, 1118, und die deutschen Ordensritter, 1191) einzutreten, wenn ihm das Glück zuteil würde, das Vaterland wiederzusehen.

Sein Wunsch erfuhr eine schnelle Erfüllung, denn schon am folgenden Abend fand er seine Gefängnistüre offen. Mit wenigen Lebensmitteln versehen, flüchtete er unter namenlosen Entbehrungen durch die Wüste, dem Ufer des Meeres zu, wo ihn ein christliches Schiff aufnahm und am heimatlichen Strande ans Land setzte.

Jetzt kannte er keine heiligere Pflicht, als zum Landeskomtur nach Altshausen zu eilen und um Aufnahme in den Deutschen Orden zu bitten, dessen vorzüglichste Aufgabe der Kampf gegen die Heiden war. – Als gebildeter und tapferer Ritter ward er gerne aufgenommen und auf sein eigenes Verlangen mit mehreren jüngeren Ordensbrüdern nach dem heidnischen Preußenlande gegen ein tapferes, seinen vaterländischen Boden verteidigendes Volk geschickt.

Als die Kunde von Langensteins Rückkehr auch zu seiner früheren Braut gedrungen war, kehrte diese aus dem Kloster, wohin sie sich vor den Liebeserklärungen vieler Bewerber geflüchtet hatte, in ihre Burg Bodman zurück mit der süßen Hoffnung einer baldigen Verbindung mit dem Auserwählten ihres Herzens. Ein Jugendfreund ihres Geliebten überbrachte ihr den letzten Gruß desselben.

Für sie hatte nun das Leben keinen Reiz mehr. Ihr ganzes Sinnen und Trachten ging fortan nur noch dahin, dem einst so heiß Geliebten ein Zeichen der Anhänglichkeit zu geben. Sie begab sich deshalb zum Landkomtur nach Altshausen und stellte an ihn die Bitte, Hugo von Langenstein zum ersten Hauskomtur auf der Insel Mainau zu ernennen, welche sie dann dem Deutschen Orden schenken würde.

Dieser wies sie mit ihrem Gesuche an den Obersten des Ordens, da er nach den strengen Regeln ihrem Gesuche nicht zu entsprechen vermöge. Was ihr dort für ein Bescheid geworden, wissen wir nicht.

Obige Sage ist ohne allen historischen Wert. Nach der Geschichte erscheint die Abtei Reichenau als älteste nachweisbare Besitzerin der Insel Mainau, welche vom Kloster den Edlen von Langenstein als Ministerialien gegeben wurde. Im Jahre 1272 kam Mainau nicht als Lehen, sondern als Eigentum durch Vertrag, in dem die von Langenstein jedenfalls nicht als Schenkende erscheinen, an den Deutschen Orden. Hiermit ist die Angabe der Sage, wonach die Maid von Bodman als Besitzerin der Insel erscheint, völlig unhaltbar. Überdies sind auch die übrigen Züge derselben völlig unhaltbar. Zwar hören wir um das Jahr 1319 von einem Ordensbruder, nicht Komtur, von Langenstein mit Namen. Aber es ist kaum anzunehmen, daß dieser bei einer Fahrt ins heilige Land beteiligt war. Das letzte derartige Unternehmen der Gegend fällt vor das Jahr 1250. Jener Langenstein vom Jahre 1319 hätte also um diese Zeit ein Alter von 80 bis 90 Jahren haben müssen. Auch der Verfasser des Gedichts über die Märtyrerin Martina, der sich am Schlusse jenes Werks als Hug von Langenstein bezeichnet, kann nicht der Held unserer Sage sein, wie Schnezler, Schönhuth u. a. meinen.

Vor 1826, als Freiherr von Laßberg zuerst die Sage veröffentlichte, ist sie nicht nachzuweisen. Die Zimmersche Chronik, die doch sonst alle alten Geschichten der Bodenseegegend berichtet, erwähnt unsere Sage nicht.

Zu einer weiteren Sage, die in Verbindung mit der Mainau steht, hat ein im Jahre 1816 in St. Gallen erschienenes Buch „Wendelgard oder Glaube, Hoffnung und Liebe“ von F. G. Appenzeller Anlaß gegeben. Was der Verfasser von dem häufigen Aufenthalt des Bischofs Salomo III. von Konstanz und seines Freundes, Abt Hatto II. von Reichenau auf der Mainau mitteilt, ist alles Erfindung, wie auch das meiste, was über die Schicksale der Gräfin Wendelgard berichtet wird. Wahr daran mag etwa sein, was Scheffel in Ekkehard (3. Kapitel) über Wendelgard erzählt.

Bodman

(Nach verschiedenen Quellen in Waibel / Flamm: „Badisches Sagenbuch“)

Das Geschecht der Herren von Bodman ist zu der Zeit der Regierung Karls des Großen und auch davor in großer Achtung und Vermögen zeitlicher Güter gewesen und sollen ihren Ursprung anfänglich von den Grafen von Montfort her haben, unangesehen, daß im Wappen Unterschiede sind und sie die Seeblätter führen. Man sagt, daß vor gar alten Zeiten die drei Grafengeschlechter Bregenz, Montfort und Heiligenberg gar nahezu den ganzen Bodensee innegehabt. Deshalb, so hat sich Montfort derzeit weit ausgeteilt, wie das ihre alten Güter, die sie vor Jahren besessen, wohl bezeugen. Und als von ihnen einer seiner nächsten Blutsfreunde und Verwandten im Zorn umgebracht, soll er von gemeiner Freundschaft, von seinem Namen und angeborenen Wappen hintangewiesen und ihm das alt Schloß Bodman samt Zugehörenden gegeben worden sein, auch daß er und seine Nachkommen fürder die drei Seeblätter führen und sich Herren von Bodman schreiben mögen.

Weiter heißt es: Die Herren von Bodman sind vor alten Zeiten gar vernampte Herren, auch vor anderen Geschlechtern weit berühmt gewesen. So findet sich in wahrhaftigen Historien, daß eine des Geschlechts von Bodman bei der Kaiserin Hiltgarten, den großen Kaisers Caroli Gemahl, im Zimmer gewesen und bemeldetem Kaiser ganz vertraut gewesen. Es haben auch die römischen Kaiser viel Wandels und Wohnung bei den Herren von Bodman zu Bodman gehabt; das beweisen die Freiheiten, so allda ausgangen und deren Datum ausweist: in palatio nostro imperiali (= in unserer kaiserlichen Pfalz – Auch von der ehemaligen Stadt Budongo, Bodenburg, lebt noch eine Tradition im Volke. Ein großes Stück Feld westlich vom Dorf Bodman, „auf Mauern“ geheißen, soll ihre Fundamente bergen.); gleichwohl man vermeint, solche Pfalz sei nit auf dem Schloß, so jetzt unser Frauenberg genannt wird, gestanden, sondern es hab noch ein Schloß oder kaiserliche Wohnung schon hier unten im Flecken Bodman gehabt, darin der Kaiser gewohnet. Welches aber jetzundt alles vergangen, und wohl zu achten, das und anders sei von den Hunnen und andern barbarischen Völkern in Grund zerstört worden oder die von Bodman selbst haben's mit Willen abtragen lassen. (Zimmersche Chronik)

Schon Lyrers von Rankweil Fabelwerk, zuerst 1486 gedruckt, meldet die Abkunft des Bodmanschen Geschlechts von den Montfortern. Nach Mangolds Chronik des Bodensees von 1548 ward der Ahnherr von Bodman, einer von Emps, eine Gräfin von Montfort, die durch dieses Ehebündnis ihren Adel schwächte. Im Streite über diese Verbindung wurde mit den Brüdern der Gräfin ein Abkommen getroffen, wonach die Gräfin fürder auf ihren Namen und Wappen verzichten und statt des roten Fahnens drei grüne Lindenblätter im weißen Feld führen sollte.

Die Geschichte derer von Bodman teilt sich in zwei noch unvermittelte Perioden, die ältere, die Königspfalz und ihre Inhaber betreffend, und die jüngere, welcher die Geschichte des noch bestehenden Geschlechtes angehört. Ein sagenhafter Kaspar von Bodman, ein Mann von riesiger Größe, soll nach Buzelius Genealogie von 1660 dessen Ahnherr sein. Er soll auch das Fischrecht, die Huno, etwa um 915 erworben haben. Urkundliche Zeugnisse für die Existenz des Geschlechtes finden sich indes erst fast 200 Jahre später. Bald spielten die von Bodman eine wichtige Rolle in der Geschichte der Bodenseegebiete und gelangten zu großem Ansehen. Als Sigismund anno 1392 einen Türkenzug unternahm, führte Hans von Bodman St. Jörgens Fahnen. Als die Böhmen im Heere das Recht der Bodman auf diese Ehre bestritten, bezeugten die schwäbischen Herren, daß sie von ihren Voreltern auch nit anders vernommen, als daß, so das Reich wider die Ungläubigen und Heiden zu Felde ziehe, ein Deutscher St. Jörgens Banner führe.

Um die Mitte des 15. Jahrhunderts teilte sich das Geschlecht in zwei Hauptäste, von denen die auf Altbodman auch im Breisgau ansässig wurden, wo sie Ebringen bei Freiburg von St. Gallen zu Lehen hatten. Aus dieser Linie stammte auch Simon von Bodman. Der war ein Mann von riesiger Körpergröße. Als er unter Rudolf zu Prag das Lehen von Bodman empfing und vor dem Kaiser das Knie beugte, ragte er noch um einen Kopf über die Umstehenden hervor. Noch jung, faßte Simon den Entschluß, der Welt zu entsagen. Unter dem Vorwand, er wolle mit einem Fräulein aus einer der edelsten Familien Hochzeit halten, lud er eines Tages seine Verwandten und Freunde aufs Schloß. Aber wie groß war das Erstaunen der Gäste, als Simon sich im priesterlichen Ornate der Versammlung zeigte und am folgenden Tage aufs feierlichste seine Primiz hielt. Bei einem prächtigen Mahl offenbarte er darauf seinen festen Entschluß, von der Welt auf immer Abschied zu nehmen, und sagte allen Lebewohl. Sogleich am andern Tag verließ Simon die Burg seiner Väter und begab sich in das Kloster Weingarten. Dort tat er als Novize die niedrigsten Dienste und zeichnete sich bis an sein Lebensende durch tiefste Demut und Gottesfurcht aus. Sein ganzes Leben hindurch bereitete er sich auf den Tod vor, den er in seinem Weltleben nach seinem eigenen Geständnis so sehr gefürchtet hatte. Er starb im St. Johanniskloster zu Altkirch, wohin er aus Weingarten gekommen war. Mit den Söhnen seines Bruders starb die Linie der Herren von Bodman auf Bodman aus und Ludwig von Bodman, ihr Oheim aus dem Breisgau, nahm das Stammschloß am See ein. Mit ihm schließt Buzelm die Hauptlinie des Geschlechts.

Die Glieder der andern Linie des Hauses sind die Stammhalter des edlen Geschlechts geworden, das jetzt noch fortblüht, während so viele edle Geschlechter der Gegend längst verschwunden sind.

Glockenläuten ruft zum Eintritt ins Kloster

(Uhland: „Bodman“ in „Germania“ IV)

Auf dem Hofe des Königs Pipin am Bodensee befand sich ein Mann, namens Grimold. Er war in einer Nacht draußen, um mit anderen Wächtern die Pferde zu hüten. Als er abgelöst worden und sich zur Ruhe niedergelegt hatte, hörte er im Schlafe Glockenklang. Wie er sich umschaut, erblickt er einen lichtgekleideten Jüngling. Diesen fragt er: „Wo ist, o Herr, dieses so süße Geläute von Glocken, das ich höre?“ Jener spricht: „Zu Ellwangen.“ Grimold erwacht und denkt ängstlich nach, wo dieser Ort sein möge.

Nun lebte damals auf dem Hofe ein Bruder Hariolfs, Franco, der die Abtei Ellwangen gestiftet; der bemerkt, wie Grimold sich von Tag zu Tag sehr umwandelt; endlich fragt er ihn, ob er wohl Mönch werden wolle. Da erzählt ihm Grimold seinen Traum, und als er gehört, daß der von Hariolf gegründete Ort Ellwangen heiße, machte er sich sehnsüchtig auf den Weg dahin und wurde zum Mönche geweiht.

Die Legende von St. Otmar

(Schönhuth: „Die Burgen Badens“)

Der heilige Otmar, aus alemannischem Hause, war Abt des Klosters St. Gallen. Unter König Pipin gerieten Warin und Rudhard, beide Gaugrafen der Seegegend, mit den Mönchen von St. Gallen über Güterbesitz in Streit, und als Abt Otmar sie am Hofe des Königs verklagen wollte, schickten sie ihm Kriegsleute nach, die den Heiligen gebunden zurückführten. Auf ihr Betreiben berief der dem Abt neidisch gesinnte Bischof Sidonius eine Versammlung. Ein verworfener Mönch, Lambert mit Namen, trat hier auf und beschuldigte Otmar eines sträflichen Umgangs. Der Heilige schwieg zuerst auf diese Anklage; endlich, von den meisten gedrängt, sich zu verteidigen, rief er Gott zum Zeugen seiner Unschuld an, weigerte sich aber, menschlichen Richtern Rede zu stehen, deren Bosheit er wohl erkannte. Jenen Lambert erreichte bald die göttliche Strafe; ein Fieber zog seine Glieder so zusammen, daß er den Kopf wie ein unvernünftiges Tier fast bis auf den Boden hing. Aber obwohl er selbst mit lauter Stimme verkündete, daß er an dem Heiligen gesündigt, ward Otmar von der Synode verurteilt und in die Pfalz bei Bodman eingekerkert. Niemand durfte ihn besuchen oder mit ihm reden; so brachte er einige Tage ohne alle Nahrung zu.

Späterhin erwirkte Gozbert, ein angesehener Mann, daß die Grafen ihm den Gefangenen übergaben. Er brachte ihn auf eine Rheininsel gegenüber dem Orte Stein. Dort starb der Heilige bald danach, zu Ende des Jahres 759. Der Leichnam wurde auf der Insel beerdigt.

Zehn Jahre nach dem Tode des heiligen Abtes wurden die Brüder von St. Gallen durch ein Gesicht ermahnt, den ehrwürdigen Leichnam in ihr Kloster heimzuführen. Elf von ihnen kamen nachts auf die Rheininsel. Als sie das Grab öffneten, fanden sie den Körper frei von aller Verwesung, nur daß der äußerste Teil eines Fußes, den das Wasser bespült hatte, mißfarbig und geschwunden erschien. Die Brüder brachten die Leiche auf das Schiff und zündeten Wachskerzen an, eine zum Haupte und eine zu den Füßen. Eifrigst ruderten sie dann dahin, als Regen und Wind in solcher Gewalt losbrachen, daß die im Schifflein kaum Rettung zu finden hofften. Aber durch göttliche Fügung hingen die Wolken ringsum über ihnen, ohne ihre Fahrt zu hemmen. Wohin der Nachen kam, wurden die wogenden Fluten von ihm niedergedrückt. Die Wassermassen, Regengüsse und Windeswirbel umgürteten das Fahrzeug auf nicht geringe Entfernung wie ein Zaun, so daß nicht ein Regentropfen in dasselbe fiel. Selbst die zu Haupt und Füßen des Leichnams aufgestellten Kerzen leuchteten beständig fort.

Als die Brüder, von angestrengtem Rudern ermüdet, zur Imbißstunde sich niedersetzten und auch eine Labetrunk einnehmen wollten, meldete einer der Brüder, daß nur der Inhalt einer einzigen Flasche übrig sei, doch werde es kaum reichen, daß jeder davon koste, viel weniger seinen Durst damit lösche. Die Brüder ließen das Wenige unter allen friedlich verteilen, und wunderbar begann in dem kleinen Gefäß der Vorrat so zu wachsen, daß, soviel sie auch tranken, der Inhalt nicht abnahm, bis die Trinkenden selbst des Becherfüllens übergenug hatten. Darum dankten sie dem Geber alles Guten, der ihnen so wunderbar Überfluß dargereicht hatte, mit lautem Preise.

Als sie wieder weiterfuhren, war das Fläschchen versiegt. Mit lautem Jubel verkündeten sie bei der Landung, was sich begeben hatte, und trugen den heiligen Leichnam unter großen Ehren bis ins Kloster und legten ihn vor dem Altar Johannes des Täufers in einen Sarg, wo er sich später durch viele Wunder kund tat.

Über die Gefangenschaft des Heiligen auf Bodman erzählt die Zimmersche Chronik:

„Man hat noch heutigs Tags für gewiß: St. Otmar sei zu Altenbodman im Gefängnis gelegen, und, nachdem er den Herren von Bodman und etlichen schwäbischen Fürsten gefangen überantwortet, sei er etliche Zeit ganz hertigklich und ohne alle erbarmde von ihnen gehalten worden auf unser Frauen Berg, wo einst das rechte alte Bodman gestanden, davon auch die Herren ihren Namen gehabt. Da zeigt man noch ein finsteres ungeheures Gewölb oder Kemmerlin, darin der heilige Mann ist gepeinigt worden, daher wo alters ein Sag auf unsere Zeit gekommen, es haben sich die von Podmen derzeit an St. Othmare also verschuldet und versündigt, daß ein Fluch auf sie und ihre Nachkommen erwachsen; denn der Mehrteil im Geschlecht alle schadhafte Schenkel und Füß haben, welche Gebrechen sich gleichwohl bei unsern Zeiten bei etlichen des Geschlechts als wahr befunden. Ob es aber der ursach halb, wie itz gemelt, beschehe, das mag sein oder nit, der waists am besten, dem nichts verborgen oder unbewist."

An den heiligen Otmar erinnert auch das am See gelegene Otmarstücklein. Von hier aus soll der fromme Mönch, aus seinem Kerker entlassen, trockenen Fußes über den See an das jenseitige Ufer gewandelt sein.

Das Fischrecht Huno, Huno!

(Waibel / Flamm: „Badisches Sagenbuch“, 1899)

Die Zimmersche Chronik berichtet:

„Bemelte Herren von Bodman haben kürzlich nach St. Otmars Tod eine große Ehr am Bodensee erlangt, desgleichen im Land zu Schwaben, indem sie in ungarischen Kriegen, als die Ungarn samt anderen ungläubigen Völkern beinahe die ganze deutsche Nation überzogen und durchstreift, die Stadt Constanz und einen großen Teil des Bodensees vor Überfall und Verderbnis verhütet haben. Welcher Gestalt aber solches beschehen, das ist von unsern unfleißigen, liederlichen Vorfahren nit verzeichnet worden; aber ist wohl zu gedenken, sie (die von Bodman) haben die Feind zu Wasser und zu Land angegriffen, ihnen allen Abbruch getan und ein solch herrliche victoriam (Sieg) erlangt.

Daher denn von selbiger Zeit an der Gebrauch und eine sonderliche Freiheit bei denen von Bodman, daß sie jährlich zu einer besonderen Zeit im Jahr, so der Gangfischfang am besten, in einem Jagdschiff von Bodman abends ausfahren, den See bis gegen Constanz nach ihrem Gefallen durchstreifen mit großem Jubel und Geschrei: „Huno, Huno“ zu ewigem Gedächtnis des Sieges. Alsdann so fliehen alle Fischer vom See, und laßt sich niemand sehen oder von ihnen ergreifen; denn so das geschähe, wäre ihnen derselbig mit Leib und Gut verfallen, oder es mochten ihn die von Bodman nach ihrem Gefallen strafen. Was Fisch sie unterwegs fanden in Laidtschiffen oder sonst, das durften sie alles mit sich hinweg nehmen. Mit solchem Triumph fahren sie bis gegen Constanz zu der Rheinbrucken. Da hat es dann andere Ceremonien und Gebräuch, wie die hernach in dieser Historia an gebührlichem Ort in allem Bericht gründlich vermeldet werden, und diese Freiheit ist ihnen von allen römischen Kaisern zu Lehen verliehen, und ist eine große Herrlichkeit, dergleichen in unserem Bezirk nicht leichtlich gefunden wird."

Leider hat der Chronist versäumt, die versprochene Fortführung des seltsamen Fischerzugs zu geben. Jedoch berichtet Mangold hierüber:

„Im Jahre 1542 gebrauchten die von Bodman ihre alte Freiheit auf dem Untersee, welches in mehr als 30 Jahren vorher nie geschehen war. Von dem Herkommen aber derselbigen Freiheit hab ich von den Alten also vernommen, daß die Hunni diese Landschaften überzogen, verbrennt und verderbt haben, welches im Jahr 915 vorher oder nachher beschehen, denn sie in 30 Jahren dies Land oft überzogen und beschädigt haben. Da haben sich die von Bodman und Friedingen auf St. Andreas Abend mit sonderlichen Taten erzeigt und ihnen großen Schaden zugefügt, daher ihnen diese Gewohnheit und Freiheit erwachsen ist, daß sie jährlich auf St. Andreas Abend, so der Fischfang am besten ist, Gewalt und Herrschaft haben über die Fischetzen zwischen dem Paradies und Gottlieben.

Und so sie sich des gebrauchen wollen, so nehmen sie es also in Handen. Erstlich fahren sie zu Bodman aus zu Schiff und führen mit sich ein Faß, so ein halb Fuder Wein hält, item etliche Brot, deren jedes 18 Pfund schwer und so breit ist, daß es, so man's ausrichtet, so hoch sei, daß man ob dem Knie soviel herab schneiden kann, daß ein Jäger und ein Jagdhund einen ganzen Tag daran zu essen haben. Er muß auch mitführen ein Frischling (Ferkel). Wenn sie nun hinauf kommen an das Eichhorn ob Konstanz, so landen sie und binden die Sau an ein jung Haselschoß und hauen danach ein Fuder Holz. Sodann die Sau dieweil nit abreißt, so ist sie des Stadtammans zu Konstanz; reißt sie aber ab, so ist sie des Bannwarts. Dieser Wein, Brot und Sau wird ihnen von ihren Lehensleuten gegeben, die das kraft der Lehenschaft zu geben schuldig sind, und geht nit auf ihre (Bodmans) Kosten. Nachdem sie nun das Fuder Holz gehauen haben, so fahren sie der Stadt zu, schreien an drei bestimmten Orten:

„Huno! Huno!“ und das geschieht zur Warnung, damit, so jemand auf dem See wär, weichen könnte. Denn, wie sie sagen, haben sie Gewalt zu fangen und zertrenken, was sie finden. Wenn sie dann zum Paradies und Gottlieben kommen, so wird nach Recht und Brauch bekannt, daß sie diese Nacht über der Fischetz Herren seien. Danach so fahren die Fischer mit ihnen auf den See, und so viel jeder Fischer Beren gesetzt hat, so viel Maß Wein müssen sie ihm geben. Nachdem sie ab dem See kommen, setzen sie sich zusammen und zechen. Darauf ziehen sie den See wieder aufwärts der Heimat zu mit den Fischen. Viele andere Ceremonien brauchens, die ich nit alle erfahren hab.“

Manches, was Mangold entgangen ist, verzeichnet noch 1592 Hans Georg von Bodman, der selbst den Zug ausgeführt:

„Es haben von undenklichen Jahren her die von Bodman die Gerechtigkeit, daß sie jedes Jahr auf St. Andreas Abend dürfen ausfahren, die Mekhingen und zu Bodman, und wenn sie auf dem Rhein und zu Constanz am Rhein ankommen, rufen sie aus ihren Schiffen laut: „Huno! Huno!“ und fahren alsdann auf dem See fort. Und wen sie finden, dessen Leib und Gut ist ihnen, denen von Bodman, verfallen. Wenn aber einem Gnad geschieht, werfen sie ihn aus einem quer in den Rhein gestellten Schiff in den fließenden Rhein unter das Schiff. Kommt er unter dem Schiff durch und kann sich selbst oder durch Hilf derjenigen, so im Schiff sind, wiederum in das Schiff helfen, so hat er gebüßt.

Wann sie dann zu dem Aichhorn kommen, haben sie Macht, aus einem daselbst dem Komtur auf der Mainau zugehörigen Holz, so viel sie die Nacht zum Kochen und sonst brauchen, zu nehmen. Betretten sie darunter den Bannwart, binden sie ihm beide Händ zusammen, knüpfen ihn an einen Baum, geben ihm einen proksel in das Maul, stecken ihm unter den einen Arm drei Laib Brot, unter den anderen eine Kanne voller Wein, welches ihm, wann er von den Seinigen befreit wird, zum besten verbleibt. Und soll daselbst an einer Stauden, so zweijährig, gebunden sein ein Schwein nit weniger als vier Gulden wert. Reißt das Schwein ab und wird der Fesseln ledig, ehe die von Bodman hinwegfahren, so ist solches des Bannwarten; reißet es aber nit ab, so sollen die Bodman die Sau wieder mit sich führen und dem Stadtvogt zu Constanz verehren. Dagegen soll der Stadtvogt und die von Constanz denen von Bodman verehren bekanntlich ein halb Fuder des besten Weins, so sie in der Stadt haben und bei geistlichen oder weltlichen Leuten bekommen mögen, und soll der Stadtvogt unter Eid anzeigen und beteuern, daß er keinen bessern in der Stadt nit wisse noch bekommen möge. Gleicherweis soll man ihnen auch verehren ein halb Vierenteil Wein vom geringsten und schlechtesten, so in der Stadt gefunden werden kann; wie auch bemeldeter Stadtvogt, daß kein geringerer gefunden werden kann, bei seinem Eid bezeugen soll. Sodann gehören alle Fisch, so selbigen Abend in Netz und Angel gefangen werden, denen von Bodman zu. Doch sollen sie denen, so die Beren gesetzt und welchem sie zugehören, geben drei Laib Brot und ein Maß Wein, welchen sie aus einem Faß, so vier Eimer tut und sie bei sich haben, lassen sollen, doch wenn man unten anfängt herauszulassen, sollen oben durch einen Reiter, während herausgelassen wird, nachgefüllt werden. Wer aber eine Segin führt, dem soll gegeben werden ein Laib Brot, welcher so groß sein soll, daß er einem erwachsenen Mann auf dem Reihen stehen und so weit über das Knie reichen, daß er ob dem Knie ohne Schaden abschneiden mag."

Die Fischetz derer von Bodman war ein von verschiedenen Kaisern bestätigtes Lehen; der Fischfang namentlich für größere Gewässer war ein Regal (königliches Hoheitsrecht). Offenbar war für den Bodensee dieses Hoheitsrecht frühzeitig den Herren von Bodman verliehen worden; daher die prunkvolle, gebieterische Weise der Hunnfahrt. Mit den Hunnen steht die Sitte wahrscheinlich in keinem Zusammenhang. Das Wort Hunno bezeichnete im Hochdeutschen den Schultheißen; so hat der warnende

Ruf Hunno etwa die Bedeutung: „Acht geben, der Schultheiß kommt!“ Weil man später das Wort nicht mehr verstand, dachte man an die Hunnen, wie der Verfasser der Zimmerschen Chronik den Namen seines Geschlechtes von dem alten Stamm der Cimbrer herleitet, die mit den Teutonen 100 Jahre v. Chr. besiegt wurden.

Die Frauenbergkapelle nach einem Stich von K. Corradi

Der Brand auf Bodman und die Sage vom Nebelmännlein

(Zimmersche Chronik)

„Vor Jahren hat ein Ritter von Bodman gelebt, von dessen Taten ein sonderlich Kapitel wär zu schreiben. Demselbigen Ritter starb sein Weib. Die hat ihm drei Töchter geboren, waren verheiratet; auch zwei Söhne, der eine Konrad geheißen, war noch unverheiratet, der andere, Hans, war über ein Vierteljahr nit alt, als die gute Frau starb. Darob nahm der Ritter einen solchen Unmut und Bekümmernis, daß er sich vorsetzte, hinwegzureiten und in etlichen Jahren nit wiederum heimzukommen. Befahl deshalb seine beiden Söhne, auch Haus und Hof, dem allmächtigen Gott und seiner lieben Mutter. Damit zog er davon in fremde Land, in die Heidenschaft, Jahr und Tag, in welcher Zeit er wunderliche Sagen erfuhr, auch viel ritterliche Taten beging. Er ist nach langem auf solcher Reise in eine große Wildnis gekommen, weit von aller menschlichen Wohnung (zu achten, in denen lendern gegen miternacht, dann die alten das ußer unfleis nit verzaichnet). Als er sich nun seines Leibs und Lebens verwogen, ist er doch letztlich an ein groß Wasser oder ein Meer gekommen, da er kein Land mehr gesehen. Da hat er seines Vermeinens einen Menschen gefunden, ein kleines Männle. Das hat ihn angesprochen, mit sich in eine Behausung, mit lauter Laub und Gras überwachsen, geführt und mit Essen und Trinken wohl gehalten. Mancherlei Wein hat es ihm vorgesetzt, unter anderm aber einen Wein, als den der Hans von Bodman versucht, sagt er, so er daheim zu Bodman, wollt er glauben, es wäre Wein von seinen Reben oder seinem Gewächs. Darauf das Männle sagt, ja, es sei des Weins und Gewächs von Bodman. Dessen hat sich Herr Hans höchlich verwundert und gefragt, wie das möglich, daß er seines Weines, der doch nicht vom besten sei, in so ferne und fremde Länder bringen können. Da hat ihm der andere frei bekennt, er selbst sei kein natürlicher Mensch, sondern der Nebel. Darum könne er von den meisten Ländern den Wein bekommen, und was oder wie viel Weins von dem Nebel hin und wieder in den Weinländern verderbt, käme ihm zu gut. Daneben hat er ihm gesagt, so er zu ewigen Zeiten seine Weinreben zu Bodman vor dem Nebel und Schaden wolle behüten, so solle er im Flecken Bodman nimmer wider den Nebel läuten lassen, wie denn sonst gewöhnlich geschieht, daß man morgens wider den Nebel zu läuten pflegt, ihn zu vertreiben, so solle er vertröstet sein, daß seine Reben zu Bodman kein Nebel mehr Schaden werde. Das hat ihm der von Bodman versprochen. Darauf sind sie wieder voneinander geschieden. Beim Abschied hat ihm das Männle gesagt, es sei Zeit, daß er in die Heimat zieh. Deshalb ihm Herr Hans versprochen, zu folgen und sich auf die Fahrt zu machen, wie er auch getan.

Derweil er aber so von der Heimat entfernt war und seine Söhne daheim gelassen, da ist Lorenz Keller gewest, wie denn geschieht, wo die Katzen außerm Haus, da tanzen die Mäus. Also da der gut alt Herr in der Fremd, da kamen die Tochtermänner und Schwäger samt ihren Weibern mehrmals gen Bodman, und war alles Trauern um ihre liebe Mutter und Schwieger schon hin und vergessen. Insonderheit so kamen dahin auch Sankt Johanns Sonnwendi-Abend, welches ein Samstag war, Herr Hans von Schellenberg, Ritter, mit seiner Hausfrau Anna, geborene von Bodman, Heinrich von Blumneck mit seiner Hausfrau Adelheid, geborene von Bodman, und Gottfrieden von Krehen samt seinem Weib, Katharinen von Bodman. Diese alle drei waren des alten Herren von Bodmans Töchter. Sie wurden von ihrem Bruder und Schwager, Conradt von Bodman, ehrlich und wohl empfangen und gehalten. Sie waren denselbigen Abend ganz fröhlich, ohne Ahnung des großen Unfalls und des elenden, erbarmungswürdigen Todes, der ihnen so nahe drohte. Nach dem Nachtessen fingen sie an zu tanzen und alle Kurzweil zu treiben. Indes zieht ein groß Wetter über das Schloß mit Donnern, Blitzen, ganz grauenhaft, dessen sich doch die Obgehörten nichts bekümmerten, sondern fortfuhren. Also zeigt sich gegen den Abend spät ein groß Wunderzeichen, denn es ließen sich ganze feurige Kugeln und Sträl ob dem Schloß sichtbarlich sehen, so daß solches die Wächter den Edelleuten anzeigen mußten. Und sie kehrten sich nichts daran, sondern tanzten und ließen sich hieran nichts irren. Also zu angehender Nacht da ließen sich die feurigen Kugeln herab, und schlug der Donner mit obgehörten Stralen dermaßen in das Haus, daß gleich das Schloß und Haus voller Feuer, und wie dann die alten Schlösser einst meist in die Höhe gebauen, nur mit hölzernen Stiegen, ohne alle anderen verborgenen oder heimlichen Ausgänge, versehen, so war plötzlich Jammer und große Not. Es war nit Zeit, da lange Beratschlagung zu pflegen, denn da war keine Hoffnung einer Rettung, als daß jemand zu der Höhe hinaus hätte springen wollen, das sie aber alle eine unmögliche Sache gedäucht. Deshalb, als sie die Gewalt und Straf Gottes augenscheinlich sahen, baten sie Gott um Gnad und Verzeihung und begaben sich geduldig in den Tod, der bald darauf folgte. Die Genannten vom Adel und Weiber verbrannten zu Asche samt dem Schloß, desgleichen noch drei Frauen Lucia, Anna und Adelheid, die war des Jungen Bodmans, der noch in der Wiegen lag, Saugamme. In allem Jammer und kläglichem Geschrei hat die Saugamme Adelheid den jungen Hannsen von Bodman in viel Windeln und Lumpen eingewickelt und in einen großen ehernen Hafen, der gerade zur Hand gewesen, gesteckt, und, als ihr das Feuer ganz nahe gekommen, hat sie den guten Jungen im Hafen in Gottes des Allmächtigen, auch Unser lieben Frauen Namen zum Laden hinausgeworfen, und wiewohl es eine große Höhe, ist der Junge im Hafen wunderbarlich errettet worden und davongekommen. Denn er ist gleich von den Nachbarn und seinen Verwandten erzogen worden, da man ihm aus großem Mitleid alle Treue erwiesen. Und ist damals der ganze Stamm derer von Bodman auf diesem Jungen gestanden, denn von dem alten hat niemand gewußt, ob er lebendig sei oder tot.

Diese Geschichte ist beschehen an einem Samstag St. Johannis Abend spät in der Nacht als man zählt 1307.

Nicht lange Zeit nach dieser traurigen Begebenheit ist der alte Herr Hanns von Bodman wieder in das Land gekommen, jedoch zuerst gen Salmensweiler ins Kloster, dieweil er und seine Vorfahren ihre Begräbnisstätten allda gehabt, zudem ihm auch der Abt sonderlich wohl bekannt war. Es behielt ihn der Abt etliche Tage bei sich, weil er ihn nit heim lassen wollt. Wie er aber länger nit bleiben wollte, nahm er ihn an den Ort, und sagt ihm alle ergangene Geschichte, mit besten Worten, bat ihn dabei, daß er alles Gott befehlen und dem Allmächtigen danken solle, daß er seinem jungen Sohn so wunderbarlich mit dem Leben davon geholfen. Der alte Herr Hans vernahm diese Geschichte mit großem Unmut, kehrte darauf heim, und als er sich nach allem gehörig erkundigt, da nahm er seinen jungen Sohn zu sich. Den erzog er fürder in allen Treuen, und von demselbigen Hannsen von Bodman sind alle von Bodman, so noch am Leben, abkommen. Man zeigt noch heutigen Tags auf Bodman den ehernen Hafen, darin der Junge zum Schloß hinausgeworfen worden; der wird zu ewigem Gedächtnis allda behalten.

Der alt Herr hat das verbrannte Schloß nit mehr wieder aufbauen wollen, sondern hat den Berg mit Renten und Gülten Unser lieben Frau geschenkt und gestiftet, das Alles dem Abt von Salmensweiler und dem Kloster übergeben, damit etliche Brüder daselbst eweglich erhalten werden, die den Gottesdienst abhalten sollen. Das hat der Abt abgenommen, eine Kirche zu Ehren Unser lieben Frau samt einer Behausung dazu erbaut, und sind stets zwei Klosterbrüder allda. Wird Unser lieben Frauen Berg genannt.

Alsdann hat Herr Hanns von Bodman das Schloß, so jetzo auch Bodman genannt wird, auf den Berg erbaut, wo es jetzo steht, und darin eine ganze übergoldete Stube gemacht, ganz brauniert. Und von der Zeit an hat man dem Nebel nimmermehr zu Bodman geläutet, wird auch noch also gehalten. Man weiß auch, daß der Nebel seit undenklichen Jahren den Reben oder dem Wein nie Schaden getan hat. Man sagt auch, es hab sich der alt Herr Hanns mit seinem Sohne, als er erwachsen, verglichen, daß fürderhin alle Mannspersonen des Stammes von Bodman sollen Hanns genannt werden, wie das bei unseren Zeiten noch gehalten wird. – Ich habe von glaubwürdigen Leuten mehrmals gehört, daß noch zu unseren Zeiten, wenn ein groß Wetter zu Bodman sich erzeige, feurige Lichter und Kugeln auf den Zinnen, Türmen und Dächern sich sehen lassen, und so das geschieht, glauben sie nach ihrer täglich und vielfältigen Erfahrung, das Wetter tue keinen Schaden und hab nun keine Not mehr zu achten, solche Lichter sind ihnen zur Erinnerung und zur Sicherheit vor künftigem Brand gegeben wie der Regenbogen den Menschen ein Zeichen des Bundes, und daß die Welt mit keiner Sündflut mehr soll gestraft werden oder vergehen."

In der Mitte des Berges an der Stelle, wo ein Bildstöcklein steht, soll der Kessel mit der teuren Last im Gestrüpp hängen geblieben sein. Der Kleine wurde zu Verwandten auf die Burg Kargeck gebracht, wo er eine sorgfältige Erziehung erhielt.

Der Brand und die deshalb erfolgte Stiftung der Kapelle sind jedenfalls geschichtlich. Der Stiftungsbrief an das Kloster Salem ist noch vorhanden. Sagenhaft ist aber die Rettung des Kindes. In der Urkunde, die spätestens in das Jahr 1318 fallen kann, da auch Bischof Gerhard von Konstanz (1303 – 1318) mitunterzeichnet, verspricht Johannes, der Sohn des Stifters, durch Eid, die Stiftung einzuhalten und gutzuheißen. Wenn dieser Johannes der gerettete Knabe ist, so war er etwa 12 Jahre alt; wenn er wirklich in einem solchen Alter zur Unterzeichnung eines Stifterbriefes beigezogen wurde, so könnte man hierin allenfalls ein Hinweis auf seine Errettung erblicken.

Der Kessel ist von ganz eigner Form, oben sich verengend. Wohl ist er von keinem bedeutenden Umfang, jedoch ist er so groß, daß man bequem mit beiden Füßen hineinstehen kann. Einer mündlichen Sage zufolge war dieser Kessel im Laufe der Zeit in verschiedene Hände gekommen. Da erkaufte ihn einer der späteren Herren von Bodman wieder, und der Kaufpreis soll ein Bauernhof von bedeutendem Werte gewesen sein. Gäste werden eingeladen, in diesem Kessel stehend, einen Humpen Wein auf das Wohl des Geschlechts von Bodman zu trinken.

Auch das „schweizerische Heldenbuch" von 1624 berichtet von dieser Sage. Handschriftliches aus dem 17. Jahrhundert über diese Sage ist im Hausarchiv Bodman erhalten. Auch Lucian Reich und E. Meier („Volksmärchen aus Schwaben") haben diese Sage aufgezeichnet.

An verschiedenen Orten am See sind noch alte Darstellungen des Schloßbrandes von Bodman zu sehen, auf dem heutigen Schlosse selbst aber befindet sich zur Erinnerung an die Rettung des jungen Johann von Bodman ein Bild aus dem Jahre 1522, elf Ahnherren darstellend, die vor einem Bildnis der Jungfrau knien. Oben an dem Gemälde steht folgender Vers:

„O, Mensch bedenkh diß kleglich gschicht
Ist glöblich war und nit erdicht,
Als man Anno 1307 zahlt
Ward Bodmer schloß durch Gottes Gwalt
Vo Donderstrat ganz ongestimm
Zu grundt oprendt wie ich vernim
Und zeh P'son vernept mich recht
Sübe waren von edlem geschlecht.

Zwo armm frownn ond ai sogamm
Ain junges Kind vo bodmr stamm
Ward ußgeworffen allat zur frist,
Daruu die hoffstat ergeben ist.
Daß göttlich lob da wird v'bracht
Maria der Junkfrow auch gedacht
Die yetz doselb patronin ist
Und für uns bitt bei gott Jesum Christ."

Die Inschrift, die über der dritten und vierten Figur sich befindet, lautet:

„Herr Jesu Christ wir bitten dich
Unsern erlöser ganz innigklich
Ain Richter streng nach disem Zyt
Der Höll Urteil sye von ons wyt
Auch richt unß Sünder nicht uß zorn
Der auß Maria bist gebohren
Durch die tail unß barmherzigkeit mit.

Erhör der lieben Sant Anna bitt
Sant Bernhards des vil hailge man
Zu dem wir auch wend Zuflucht han
Als hymlisch här sye uner glaid
So unser Seel von hinnen schaid
Uff dissem ellend durch groß not
Dess half uss herr dyn bitterer todt."

Das Fräulein von Kargeck
und der Ritter von Haldenburg

(Theodor Lachmann nach mündlicher Überlieferung in „Alemannia“ XVII.)

Am jenseitigen Ufer des Überlinger Sees hebt sich vom waldigen Hang ein steiler Fels ab, auf dem die Burg Kargeck gestanden. Vor vielen Jahren lebte auf dieser Burg ein Ritter mit seiner Tochter Fortunate, die den Besitzer der gegenüberliegenden Haldenburg liebte. Der Vater des Fräuleins aber wollte diese Minne nicht dulden, weshalb die Liebenden eine List ersannen, um trotz des väterlichen Verbots zusammenzukommen; jeden Abend, wenn das Burgfräulein allein war, stellte sie ein Licht ans Fenster; sobald der Ritter von Haldenburg dieses Licht sah, schwamm er über den See zu seiner Geliebten. Wenn dann der Himmel zu dämmern begann, kehrte er auf gleiche Weise zurück. Lange ging es so ganz gut. Als aber eines Morgens der Jüngling heimkehren wollte, überraschte ihn mitten auf dem See ein heftiger Sturm; vergebens kämpfte der Schwimmer gegen die gewaltigen Wogen, die Kräfte verließen ihn und die Fluten zogen ihn hinab. Nach langer Zeit gab der See sein Opfer zurück. Das Fräulein aber entsagte der Welt und ging ins Kloster. Sie war die letzte ihres Stammes. Burg Kargeck ward im Bauernkrieg zerstört.

Die Sage findet sich schon in einer lateinischen Schweizer Handschrift des 13. Jahrhunderts.

Dieselbe Sage geht auch von den benachbarten Burgen Bodman und Hohenfels. Allerdings schwamm der Ritter von Hohenfels mit einem brennenden Licht auf dem Kopf, das als Wegleuchte und als Signal für ein Fräulein von Bodman diente.

Das leichte Schneiderlein

(Lucian Reich: „Insel Mainau“)

Der „Halbmond“ ist eine schroff ansteigende Felswand unweit der Burg Kargeck. Ein harmloses Schneiderlein aus dem nahen Dorfe suchte einst hier im Walde nach Haselnüssen. An der dicht bewachsenen Felswand machte er einen Fehltritt und stürzte in die Tiefe. Als er aus der Betäubung erwachte, war er völlig unverletzt. Da gelobte er eine Wallfahrt nach Einsiedeln, um dort dem Gnadenbilde so viele Pfund Wachs zu opfern, wie sein eigenes Körpergewicht betrage. Und siehe! Sein Gewicht betrug kaum zehn Pfund. Mißtrauisch bestieg er die Waagschale zum zweiten Mal. Da wog er gar bloß noch fünf Pfund. Jetzt merkte er, wie gut es die Muttergottes mit ihm meine. Er opferte gutgläubig nach Maßgabe des reduzierten Gewichts und zog fröhlich von hinnen.

Rekonstruktion der Burg Kargeck

Die Sagen Badens

Die seit Jahren beliebte Buchreihe liegt nun ab Herbst 2007 mit 45 Bänden komplett vor. Für die nächsten Jahre sind noch Band 13, Ergänzungsbände und ein Registerband geplant.

Die Sagen wurden aus allen erreichbaren alten Sagenbüchern entnommen, nach Regionen neu geordnet, die Texte vorsichtig modernisiert, in moderner Schrift neu gesetzt und mit vielen historischen Abbildungen angereichert. So entstand die ***größte Sagensammlung Badens****, die es je gegeben hat! Die 45 regional eng begrenzten Bände enthalten zusammen* ***2.760 Sagen mit 1.113 historischen Abbildungen auf 5.009 Seiten!***

Alle Bände haben einen farbigen Umschlag, 101 bis 129 Seiten Umfang und sind für je ***9,80 EUR*** *in allen Buchhandlungen oder direkt beim Verlag erhältlich:*

Band Nr.		ISBN 978-3-86028-
	Die Sagen vom Hochrhein und vom Wiesental	
1	Die Sagen des Klettgaus und östlichen Albgaus	201-4
2	Die Sagen des Hotzenwaldes u. d. 4 Waldstädte	202-1
3	Die Sagen des unt. Wiesentals u. d. Dinkelberges	203-8
4	Die Sagen des oberen und des Kleinen Wiesentals	204-5
	Die Sagen des südlichen Breisgaus	
5	Die Sagen des Markgräflerlandes (Istein-Müllheim)	205-2
6	Die Sagen d. südlichen Breisgaus (Sulzbach-Möhlin)	206-9
7	Die Sagen der Stadt Breisach (mit Stadtgeschichte)	207-6
8	Die Sagen des Kaiserstuhls und der Burgen a. Rh.	208-3
	Die Sagen Freiburgs und des nördlichen Breisgaus	
9	Die Sagen des nördlichen Breisgaus	209-0
11	Die Sagen der Stadt Freiburg	211-3
12	Geschichten aus Freiburgs Geschichte	212-0
13	*in Vorbereitung, erscheint vorauss. im Herbst 2008*	

Die Sagen des Kraichgaus

37	Die Sagen der Städte Bruchsal und Bretten...	237-3
38	Die Sagen vom Elsenzgau	238-0

Die Sagen des Lobdengaus

39	Sagen und Geschichten der Stadt Mannheim...	239-7
40	Sagen und Geschichten der Stadt Weinheim...	240-3
41	Sagen und Geschichten der Stadt Heidelberg	241-0
42	Die Sagen des Heidelberger Schlosses	242-7

Die Sagen zwischen Neckar und Main

43	Die Sagen des Neckartals...	243-4
44	Sagen des Odenwaldes und westlichen Baulandes	244-1
45	Sagen vom Taubergrund und östlichen Bauland	245-8
46	Die Sagen vom Main- und Taubergrund	246-5